THE 39 STEPS

三十九階段

ジョン・バカン　小西 宏［訳］
エドワード・ゴーリー［画］

東京創元社

三十九階段

目次

スコットランド南部人（ロジアン・ボーダー・ホース）、トマス・アーサー・ネルソンに本書を捧ぐ

親愛なるトミー。

きみと僕は、アメリカ人が「ダイム・ノヴェル」と呼び、我々が「ショッカー」として知っている物語――現実にありそうかどうかなどてんから無視した、ありうるぎりぎりのところへ踏み込んでいく絵空事――の基本形を愛する気持ちを長いこと大事にしてきた。

昨年の冬、病床にあって、僕は気分を引き立ててくれる本を一冊残らず読み切ってしまい、自分自身のために一編書かざるを得なくなった。この掌編がそれである。どんな途方もない小説でさえ、現実に起こっていることに比べると嘘っぱちに思えるきょうこの頃、僕たちの長い友情の想い出に、きみの名前をこの本に書き記すことを許してもらいたい。

I　死んだ男

　五月のあの午後三時ごろのこと、僕は人生にすっかりうんざりして、シティからもどって来た。英国に着いてから三カ月になるが、あきあきしてしまっていた。一年前にだれかが、ロンドンなんざ、きっと退屈するぜと言ったら、僕は歯牙(しが)にもかけなかったにちがいない。ところが、事実はそのとおりになってしまった。気候は不快だし、有象無象の会話はいただけないし、充分に運動もとれない。そのうえ、ロンドンの娯楽ときたら気の抜けたビール同然ときている。

「リチャード・ハネーよ」と僕は自分に言いつづけた。「きさまはお門(かど)ちがいの穴にはまり込んだぞ。早いとこはい出すんだな」

　南アフリカのブールワーヨでこの数年のあいだ暖めてきた、さまざまなプランが頭に浮かぶと、僕は思わずくちびるをかみしめた。僕はひと財産持っていたし、たいした額ではないが、それでも僕にとって充分すぎるくらいはあった。そこで僕は自分を楽しませるような、あの手この手を考えていたのだ。

　六歳の時、父に連れられてスコットランドをあとにしてからというもの、僕は一度も帰国しなかった。だから英国はアラビアン・ナイトの世界のようなもので、余生はここで過ごすつもりにしていた。

しかし、しょっぱなから失望してしまった。一週間ほどすると名所見物にも飽きたし、一月たたぬうちに、レストランや劇場や競馬場も見つくしてしまった。同行する気の合う友だちがいなかったのが、おそらく退屈の最大の原因かもしれない。おおぜいの連中が僕を彼らの屋敷に招待してくれたが、それほど僕に興味を持ったふしも見えなかった。連中は南アフリカに関しておざなりの質問をすると、もう自分たちの話題にはいってしまうのだった。大英帝国主義を奉ずる夫人連がお茶の会に招いて、ニュージーランドの教師やヴァンクーヴァの編集者たちにひき合わせてくれたが、これがまたなんともやりきれないお務めだった。年齢三十七歳、心身ともに健全で、意のままになる充分の金を持つ大の男が、終日あくびをするざまなのだ。僕はみこしをあげて、南アフリカの草原に帰る決心をしかけていた。なにしろ、大英帝国でいちばん退屈している男がこの僕なんだから。

その日の午後、手持ちぶさたをまぎらわせようと、僕は仲買人のところへ商談に行った。そして帰り道にクラブへ寄った——クラブというよりは、植民地出身のメンバーが集まる酒場のようなところだが。酒を一杯、ひと息に飲みほしてから、僕は数種類の夕刊紙に目をとおした。どの新聞も近東の不穏な情勢を満載していた。ギリシア首相カロリデスの記事もあった。僕はなんとなくこのご仁が好きだった。いろんな記事から察すると、彼が今回の事件の主役で、しかも、大部分の政治家について言われる以上に、正々堂々と勝負しているらしい。ベルリンやウィーンの連中からは徹底的に憎悪されているが、英国は彼の後押しをしようとしている。ある新聞などは、

I　死んだ男

カロリデスこそ、ヨーロッパを世界大戦の危機から救う最後の切り札だと評していた。僕はアルバニアあたりに職はないものかなと、かつて考えたことがあるのを思い出した。アルバニアなら、あくびをしないでも過ごせる場所かもしれないな、ということが、ふと頭に浮かんだことがあるのだ。

六時ごろ、帰宅して、夜会服に着かえ、カフェ・ロイヤルで食事してから、ミュージック・ホールへ足を運んだ。跳ね回る女どもと猿面の男たちのばからしい演し物で、とても見られたものではなかった。ポートランド・プレースの近くに借りたアパートまで歩いて帰ったが、晴れたすがすがしい夜だった。舗道の群衆が、せわしげにしゃべりながら、僕を追い越して行った。こちとらにとっては、仕事のある連中がうらやましくてならなかった。女店員や事務員や伊達者や警官たちには仕事がある。それが彼らを駆りたてているのだ。僕はあくびをしているこじきを見かけたので、半クラウン恵んでやった。彼もわが党の士だから。オックスフォード広場に来た時、僕は春の夜空を仰いで誓いをたてた。もう一日の猶予を英国に与えてやろう。それでもなお、何ごとも起こらなければ、次の便船で南アフリカに退散しようと。

ランガム・プレースの背後にできた新しいブロックの中にアパートがあり、その二階が僕の部屋だった。入口にはおきまりの階段があり、門衛とエレベーター係がいたが、食堂とかそれに類した設備はなく、各部屋はたがいに他の部屋から完全に隔離されるようになっていた。僕は住込みの召使を置くことは大きらいなので、かよいで世話をしてくれる男を雇っていた。その男は毎朝八時前に来て、僕が夕食を部屋でとらないので、夜七時には帰ることになっていた。

ちょうどドアに鍵をさし込んだ時に、僕のすぐそばに男がひとり立っているのに気がついた。近づいてくる姿を見かけなかったので、ふいにぬっと現われた姿を見て、僕は思わずぎょっとした。短い褐色のあごひげを生やしたやせ型の男で、油断のない青い目をしていた。同じアパートの五階に部屋を借りている人物で、階段で朝のあいさつをかわしたこともある。

「失礼ですが、ちょっとおじゃまさせていただけませんか？」彼は懸命に声を落ちつかせようとしていた。そして片手を僕の腕にかけた。

僕はドアを開けて、中にはいるように合図した。敷居をまたぐやいなや、その男は僕がいつもタバコをふかしたり手紙を書いたりする奥の部屋へ駆け込んで、そしてまた飛びだして来た。

「ドアに錠がおりているかな？」彼は熱にうかされたように言って、自分の手で、ドアに鎖をかけた。

「すみません」と彼は恐縮したように言った。「失礼なことは重々承知しておりますが、あなたを男と見こんでのお願いです。事態が紛糾し始めたこの一週間というもの、私はいつもあなたのことを念頭においていました。ひとつお力を貸していただけないでしょうか？」

「話をうかがいましょう。それしかお約束できません」このビクビクした小男の異様な態度に、僕はいらいらしてきた。

そばのテーブルに、酒をそろえた盆がのっていたので、彼は自分でハイボールをつくって飲んだ。三口でそれを干すと、カチッと音をたててコップをおいた。

「失礼しました。今夜はすこし気が立っているのです。私はもしかすると今ごろは死体になって

いるのです」

僕は安楽椅子に腰をおろして、パイプに火をつけた。

「死ぬとどんな気持ですかね？」気違いを相手にしなければならないのかと、僕はほぼそう思いこんだ。

ひきつったような彼の顔に微笑が広がった。

「私は気違いではありません——今のところはね。じつはあなたのことをずっと観察してみて、冷静なかただとお見うけしたのです。そのうえ廉直の士であり、胆のすわったかただと見こみました。私はこれから極秘の話を打ち明けます。今は、わらをもつかむ気持なんです。だから、あなたのお力添えを得られるかどうか、それをうかがいたい」

「お話をうかがいましょう。返事はそのうえです」と僕は答えた。

彼はやっとの思いで気をとり直したらしく、やがて奇怪きわまる長談義を始めた。初めはその意味がのみ込めないので、僕はさえぎってなんども質問しなければならなかった。その話の要点というのは……

彼はケンタッキー生まれのアメリカ人で、学校を卒業すると、かなり恵まれた環境だったところから、世界漫遊に出発した。すこしは筆も立つので、シカゴのある新聞の戦時特派員の資格を得て、南東ヨーロッパで一、二年を過ごした。語学の才能にもかなり恵まれていたから、この方面の社会については精通しているようだった。僕が新聞紙上で目にした、さまざまの名士の名まえが彼の口から親しげにとび出した。

最初はおもしろ半分に政治に首をつっ込んでいたが、そのうちにどうしても抜けられなくなってしまった、と彼は語った。頭の鋭い苦労性の人間で、だからいつも物ごとをとことんまで突き止めなければ承知しない性格の男であることを僕は見てとった。彼は自分が望んだ以上に深入りしすぎてしまったのだ。

僕はこれから自分が理解したかぎりにおいて、彼の語った話を述べてみよう。すべての政府と軍隊の背後には、きわめて危険な連中によって工作されている巨大な地下運動というものがある。彼はふとしたことから、それに接触した。そしてそれに魅せられて、深入りし、にっちもさっちも行かなくなってしまったのだ。そうした連中の大部分は、革命を起こすことを本職にする教養ある無政府主義者のたぐいだが、彼らの背後には、金のために動いている資本家どもがいるらしい。目先のきく人間なら、下向きの市況を利用して莫大な利潤を収めることもできるし、ヨーロッパを相互に反目させることは、資本家にとっても無政府主義者にとっても好つごうであるらしい。

彼は今まで僕に合点の行かなかった多くの情勢の説明となる、二、三の奇妙な事がらを語ってくれた。その情勢というのは、バルカン戦争（一九一二―一三、バルカン少数民族の民族主義運動と列強の利害がからみ大戦誘発の危機があった）当時に発生したもので、いかにしてある国がとつじょとして頭角を現わしたか、いかにしてさまざまの同盟が結成されたか、いかにしてそれが破棄されたか、またどうしてある人物たちがゆくえ不明になったか、戦争の資金がどこから提供されたか、というようなことだった。共同謀議全体のねらいはロシアとドイツを正面衝突させることにあった。

僕がその理由をただすと、そうなれば無政府主義者の一味は、革命を起こす機会が到来すると考えるからだ、と彼は答えた。そうなればすべてのものが変革されて、新世界が出現するのを目撃できるでしょう。資本家連は目くされ金をかき集め、ガラクタを買い占めて一（ひと）もうけするにちがいない。資本家というものには良心もなければ祖国もありませんからね。そのうえ、背後にはユダヤ人が蠢動（しゅんどう）しているし、ユダヤ人ときたらロシア人を骨の髄（ずい）まで憎悪していますよ、と。

「ほんとうにできませんか？」と彼は叫んだ。「ユダヤ人は三百年の間、迫害されてきたんですよ。だからこんどはポウグロム（ロシアにおけるユダヤ人の大虐殺）にたいするリターン・マッチというわけです。ユダヤ人はあらゆるところにいます。しかし、奥の奥をさがさないと、彼らを見つけることはできません。たとえば、ドイツ系の商社にあたってごらんなさい。もしあなたが取り引きをおこなうとすると、まず手始めに会うのは、イートン＝ハロー（ともに有名なイギリスのパブリック・スクール）ふうの英語を話す、プリンスなにがしと称する優雅な青年でしょう。しかしこの男は単なるでくの棒にすぎません。もし取り引きの額が大きければ、あなたはさらに額のはげあがった、品の悪い、あごのつき出したプロシャ男と会うことになるでしょう。この男は英国の新聞が絶えず注視しているドイツの財界人です。しかし取引額が莫大なもので、ほんとうの経営者と交渉する必要があるとなれば、十中八九、移動椅子に腰をかけ、ガラガラへびのような片目をした青白い顔のユダヤの小男の前へつれて行かれるでしょう。さよう、この男こそ、まさに現下の世界を支配している張本人です。そして、ロシア帝国にたいして恨みをいだいています。その理由は、彼の叔母（おば）が凌辱（りょうじょく）され、彼の父親が、ヴォルガ河のみじめな場所で体刑に処せられたからです」

僕は彼の言うユダヤ人の無政府主義者たちは、どうもすこし時代おくれではないか、と言わずにはいられなかった。

「そうでもあり、そうでもありません。彼らはある程度まで、立ち上がりました。しかし彼らは金よりも大きなもの、金では買えぬもの、つまり人間の本質的な闘争本能というものを見つけたのです。もしあなたが死地におもむくことになれば、大義名分のために、旗印とか国家というようなものを思いつかれるはずです。そして無事に生還すれば、そうしたものに愛情を持つようになるでしょう。軍人という愚劣な悪魔どもは、自分らがまもらねばならぬものを発見したのです。そしてそれがドイツとオーストリーの間で立案された、このみごとな計画をひっくり返してしまった、というわけです。しかしユダヤの先生がたは、さきを見こしているから最後の切り札は使っていません。エースの切り札はそでの中にかくしています。私があと一カ月生きのびることができなければ、連中はその切り札を出して勝つことになるでしょう」

「しかしあなたは死んでいるはずなんでしょう」と僕は指摘した。

「Mors janua vitae（死は生の始まるところ）」と言って彼は微笑した。（僕にもその意味はわかった。僕の知っているほとんど唯一のラテン語だから）「これからそのことをお話しするつもりですが、その前に、あなたに承知しておいていただきたいことがたくさんあります。新聞をお読みなら、おそらくコンスタンチン・カロリデスという名まえはご存じだと思いますが？」

それを聞いて、僕はぎくっとした。きょうの午後、カロリデスの記事を読んだばかりではないか。

「無政府主義者のもくろみをぶちこわしたのは、つまりカロリデスなんです。彼はこんどの事件における巨頭のひとりで、しかも誠実な人物です。したがって、この一年間というもの、彼はずっと要注意人物とされてきました。私はこうした事実を突きとめましたが――べつにむずかしいことではありません、だれにだってこのくらいのことは察しがつきますから。問題は、彼らがカロリデスを始末しようとする方法を、私が知ってしまったことにあるのです。それを知ったことは死を意味します。わたしが死人にならなければならなかった理由はそれなんです」

彼はもう一杯飲んだ。僕はこの男に好奇心を持ち始めていた。自分で彼のためにカクテルを作ってやった。

「彼らはカロリデスを、その故国で捕えるわけにはゆきません。屈強な護衛兵がついているからです。しかし六月十五日には、彼はロンドンを訪れることになっています。イギリス外務省が国際ティ・パーティを開催するので、ヨーロッパ政界の巨頭がその日に到着の予定なんです。カロリデスは主賓(しゅひん)として招かれています。ですから、もし無政府主義者たちが行動を起こせば、彼は二度とふたたび、彼を敬愛している国民のもとへは帰れないことになるでしょう」

「いずれにせよ、簡単なことじゃありませんか。カロリデスに警告して、故国にとどまるようにさせればいいでしょう」

「そしてやつらに勝たせろと言うのですか?」彼は鋭く問い返した。「もしカロリデスがロンドンにこなければ、やつらの勝ちです。彼が政局の紛糾を収拾できる唯一の人物ですから。それに、もし警告を受ければ、カロリデスは腰をあげますまい。六月十五日に賭けられた賞金がどれほど莫大なものか、彼は知らないからです」

「イギリス政府ならどうです？　まさか、政府の賓客をむざむざ殺させるようなことはないでしょう。ちょっと知らせてやれば、非常警戒をしますよ」

「それがだめなんです。ロンドン全市を私服刑事が埋めつくして、警察力を二倍にしても、カロリデス首相が助かる見込みはゼロです。やつらは冗談半分にこの仕事に手をつけるのではありません。全ヨーロッパの耳目を聳動（しょうどう）するような絶好の機会をねらっています。カロリデスは、あるオーストリー人によって暗殺されるでしょうし、さらに、ウィーンやベルリンの連中が、事件の首謀者たちのことを、じつは見て見ぬふりをしていたのだ、という証拠が山ほど出てくるでしょう。もちろんそれはまっかなうそですが、しかし外部からはひどく腹黒い事件ととれるでしょう。私はほらを吹いてはおりません。偶然に、この恐るべき企みの全貌（ぜんぼう）を知ったのです。まったくこれはボルジア家（十五世紀イタリアの政治家。次次に政敵を毒殺したといわれる）の再来を思わせるような完璧（かんぺき）な陰謀です。しかしですね、この陰謀のからくりを知っている男が、六月十五日にロンドンの陽の目を見ることができれば、その計画は挫折（ざせつ）します。その男というのは、ほかでもない、あなたの手中にいるこのフランクリン・P・スカッダーなんです」

　僕はこの小男に好感を持ち始めた。その口もとは、ねずみとりのようにしまって、油断のない目は、闘志で燃えている。かりに彼が口から出まかせを言っていたにしても、それくらいのことはやりそうなつらがまえだった。

「いったい君はどこでその話を仕込んだのです？」と僕はきいた。

「チロルのアケンシーの宿屋で、最初のヒントを得ました。それが私の詮索のきっかけです。そのほかの手がかりは、ブダ市のガリシアン地区の毛皮店やウィーンの外国人クラブ、それにライプチッヒのラックニッツストラッセのはずれにある小さな本屋などから入手しました。十日前にパリで、私は証拠がためを完了したのです。話せば長くなりますから、今ここでくわしいことは申しあげられません。私は自分なりに確信がついた時これは姿を消したほうがいいなと判断したのです。そしてなんとも奇妙キテレツな回り道をして、このロンドンへたどりつきました。まず伊達なフランス系アメリカ人としてパリを後にして、ハンブルグからはユダヤのダイヤモンド商人になりすまして船に乗りました。ノルウェーでは、講義の資料を集めに来た英国のイプセン研究家でしたが、ベルゲン（ノルウェー南西部の海港）を出航するさいは、スキー映画を携帯したカメラマンでした。きのうまで、私はうまく足跡をくらましたつもりでいました。それでひどく悦に入っていたのです。ところが……」

それを思い出すとぞっとしたのか、彼はさらにウィスキーをあおった。

「ところが、この区域のむこう側の道路に男がひとり立っているのを見かけたのです。私は昼間は自分の部屋に閉じこもって、日が暮れてから一、二時間ほどそっと外出することにしていました。ところがその男を窓からちょっと観察してみると、どうも見覚えがあるような気がするのです……男はアパートにはいって来てポーターに話しかけました……昨夜、私が散歩して帰宅すると、手紙受けに名刺がはいっているじゃありませんか。その名刺には、この世ではこんりんざいお目にかかりたくないような男の名まえが刷ってあるのです」

話し手の目の色と、顔面に現われたおびえきった表情を見れば、その話の真実性は今や疑いようもなかった。それからどうしたのかとたずねた僕の声は、心もちせき込んでいた。

「私は自分が完全に袋のネズミになっているのに気づいたのです。しかもそこからの出口はただ一つ、死あるのみです。ですから、追跡者たちは、私が死んだことを知れば、追及の手をとくはずなんです」

「どういうぐあいに細工しました？」

「召使の男に、ひどくからだの調子が悪いからと話して、瀕死(ひんし)の病人のふりをしてみせました。なに、むずかしいことではありません、変装するのはお手のものですから。それから死体を一つ入手しました——ちゃんとあたりさえつけておけば、ロンドンではいつでも手にはいります。私は死体をつめたトランクを、四輪馬車の屋根にのせて運んで来ましたが、自分の部屋まで上げるには人手をかりなければなりませんでした。それに検屍審問(インクエスト)のさいの証拠を、いろいろとでっちあげておく必要があります。私はベッドにはいって、召使に睡眠剤を調合させ、そのあとで、もう引きとるようにと命じました。召使は医者を迎えに行きたいと言うのですが、私は医者なんかまっぴらだと毒づいたのです。ひとりっきりになるやいなや、私は死体の偽装にかかりました。死体は私と同じくらいの体格です。アルコール中毒が死因だと判断したので、酒を二、三本手の届くところに置きました。あごの形がちがう点がまずいので、それは拳銃(レヴォルバア)でうちこわしました。あすになれば、おそらく銃声を耳にしたと証言する者が出てくるでしょうが、私のいる五階にはだれもいないので、一か八かやってやれと思ったのです。それから死人に私のパジャマを着せてベッドに寝かせ、拳銃を夜具の上にのせて、その周囲をひどく乱雑にしておきました。そのあとで、いざという時に備えてしまっておいた三つぞろいの背広に着かえたのです。痕跡を残すのがこわいので、ひげはそりませんでした。第一、外に出るなんて百害あって一利なしです。私は一日じゅうあなたのことを頭に描いていました。あなたにすがる以外には方法がなさそうだったのです。窓からあなたの帰宅されるのを見きわめてから、階段をそっとおりて、こうしてお目にかかりに来たというしだいです……。そういうわけで、あなたにも、私同よう事の次第がおわかりになったと思いますが」

彼は興奮して、ばたばたもがきながらも、やけくその覚悟をきめたふくろうのようにまばたきをしていた。彼が僕にからだをあずけているのだということは、今や疑う余地がなかった。なんともとっぴな話ではあるが、僕にもまゆつばものの話が、あとになって、じつはほんとうだとわかった経験は何度かある。それに、話の内容よりも、その人物で真偽を判断する訓練を僕はつんでいる。もしこのご仁が僕の部屋に泊まり込んで、僕ののどをかき切るつもりなら、もうすこし気のきいた話をするはずではないか。

「鍵を渡しなさい。その死体とやらをちょっと見て来ましょう。僕は自分の目で確かめないと気がすまない性分なもんで、その点は大目に見てもらいましょう」

彼は陰鬱（いんうつ）に頭をふった。

「そうおっしゃるだろうと覚悟していました。ですが持っていないのです。化粧台（けしょうだい）の上の鍵束（チェーン）についているのです。残さざるをえませんよ、疑いを起こさせるような種を残すわけに行きませんからね。私をつけて来た男は一筋なわではいかないのです。とにかく今夜のところは私を信用してください。あすになれば死体の件がうそではなかったという証拠が現われますから」

僕はちょっと思案してから言った。

「わかりました。今夜はあなたを信用しましょう。この部屋にはいっていただいて、そとから鍵をかけますよ。念のため申し添えますがね、スカッダーさん。疑うわけじゃないが、万一、あなたが妙なことをなさるといけないから警告しておきますが、僕は拳銃にかけてはくろうとですよ」

「承知しました」と彼は答えて、こころもち勢いよく立ち上がった。「まだお名まえはうかがっておりませんが、あなたは勇気のあるかたです。ところで、恐縮ですが剃刀をかしていただけませんか？」

僕は彼を寝室に案内して、好きなようにさせた。半時間ほどすると姿を現わしたが、ほとんど彼だと見分けがつかなかった。わずかに、その鋭い飢えたような目が同じなだけだった。きれいにひげをそって、髪をまんなかから分け、まゆを刈り込んでいた。そのうえ、軍人そっくりの身のこなし、まさしく、その陽やけした顔色も含めて、長年インドに駐留していた英国将校の典型そのものだった。片眼鏡まで目にはめて、ことばづかいにも、アメリカなまりはどこにも認められなかった。

「これは、これは！　スカッダー君――」僕は二の句がつげなかった。

「ミスター・スカッダーではありません」と彼は訂正した。「自分はグルカ四十連隊のテオフィラス・ディグビー大尉で、現在休暇で帰省中です。さようご承知いただければ幸甚です」
彼のために居間にベッドをしつらえて、僕は自分の寝床にはいったが、この一ヵ月の間、かつて味わったことのないほど楽しい気分だった。この味気ない大都会にも、時として意外な事件が起こるらしい。

翌朝、目をさますと、召使のパドックが、居間のドアをガチャガチャさせて悪態をついていた。パドックはセラクウィ（南アフリカ）で僕が拾ってやった男で、英国へ帰ってからは召使として使っている。河馬（かば）のように口が重く、身の回りの世話もじょうずとは言いかねたが、律義（りちぎ）な点を僕は買っていたのだ。

「やめないか。パドック！　僕の友人の——そのう、その（名まえをど忘れしてしまった）大尉が寝てるんだよ。朝食を二人前用意してから、僕のところに来てくれ」

僕はパドックに、大尉がすばらしい友人だという巧妙な作り話を聞かせて、あいにく、大尉は過労で神経を痛めてしまったので、絶対安静にして、休息が必要なのだと語った。彼がここにいることをだれにも気どられてはならぬ。さもないと、インド局や首相からの連絡が殺到して、休養がぶちこわしになってしまうからと。

スカッダーが朝食をとりに姿を現わした時の演技は、まさに堂に入ったものだった。英国の将校がやるように、片眼鏡をはめてパドックを見つめてから、彼にボーア戦争（一八九九—一九〇二、南アフリカのボーア人国家とイギリスの戦役）の話を持ち出し、それから、ありもしない戦友について、口から出まかせをわんさと僕に聞かせた。パドックは僕のことをどうしても「だんなさま」と言うことができずに、「だんなさま」

と呼ぶので、スカッダーは慨嘆に堪えんといわんばかりの風情を示した。

スカッダーに新聞と葉巻の箱を提供してから、僕は昼食まで町に出た。帰ってくると、エレベーター係がくそまじめな顔をしていた。

「けさとりこみがございまして、十五号室のだんなが自殺いたしました。いましがた死体置場へ運ばれましたよ。警官がまだ現場におります」

十五号室へあがってみると、ふたりの巡査と警部が捜査をしていた。まのぬけた質問をすると、警官はすぐに僕を締め出してしまった。そこでスカッダーの召使をさがし出してかまをかけてみたが、この男は事件について何も疑いを感じていないことはたしかだった。彼は、しょっぱい顔でめそめそしていたが、半クラウン銀貨をやると効果はてきめんだった。

翌日、僕は検屍審問に出廷した。ある出版社の社員が、故人はパルプ企業の計画を持ち込んできていたアメリカの業者のエージェントだと証言した。陪審は精神錯乱による自殺事件だと判定し、故人の身の回り品はアメリカ領事館に手交された。僕はスカッダーにその経過をすっかり話してやったところ、彼はひどくおもしろがった。それならまるで自分の死亡記事を読むのと同じように痛快だろうから、できることなら、自分も審問に出廷したかったと言った。

最初の二日間、彼は僕といっしょに奥の部屋でしごく静かにすごした。本を読んだり、ちょっとタバコをふかしたり、ノートにしきりにメモをとったりしていた。そして毎晩、ふたりでチェスをしたが、彼はこっぴどく僕をやっつけるのだった。かなりつらい目に遭ってきたあとなので、養生のために心身を休めているのかと僕は思っていた。ところが三日目になると、彼はそわそわしだした。六月十五日までのカレンダーをつくり、赤鉛筆でチェックして、速記文字で何か書き込んでいる。うつろなまなざしで、沈思黙考という体たらくで、それからさめると、がっくりと気落ちした状態になりがちなのだ。

そのあとでまた、いら立ち始めるのが、僕にもわかった。ささいな物音にもぎくりとして、パドックははたして信用できるのかどうか、と僕に問い続けるしまつだった。一、二度ひどくふきげんになったことがあったが、あとになるとわびるしまつだった。僕はあえてとがめなかった。なにしろ、彼は重大な仕事に首をつっ込んでいるのだから、大目にみてやることにしたのだ。

彼がしきりに思いあぐんでいたのは、自分一身の保全ではなく、彼が企てたプランが成功するかどうかということだった。この小男は、全身これ意志の固まりのような人物だった。ある晩、彼はひどくまじめくさって言った。

「ハネー君、こんどの一件の内容を、私はあなたにもっと詳しく教えるべきだと考えましたよ。私の意志をついでくれる人を残さずに去るのは遺憾なことですからね」そして彼は、今まで漠然としか語らなかった話をことこまかに述べた。

僕はそれほど注意して耳を傾けなかった。というのは、僕は彼の政治意識よりも、彼自身の数奇な運命に興味を感じていたからだ。カロリデス自身と、その首相としての任務は、あげていっさい、スカッダーの領分のことで僕の関知するところではないと思った。だから、彼が話したことは、大部分、右の耳から聞いて左の耳から抜けてしまった。しかし、カロリデスがロンドンに到着するまでは凶変が起こらないことと、その魔手は、一抹の痛念もいだくことのできぬようなある筋から襲いかかってくることが明白なのだと彼が信じていたことは覚えている。

その凶変に関係のある女性として、彼はジュリア・チェッチェニーという名まえを口にした。この女が、カロリデスを護衛の警備から連れ出すおとりになるらしい。また〝黒い石〟と、舌たらずの発音をする男のことも語った。さらにある人物のこともとくに詳細に話してきかせたが、その名まえを口にすると、彼は必ず身ぶるいするのだった――若々しい声をした老人で、たかのようにまぶたで目をおおうことのできる人物だということだった。

彼は、死ということについても、いろいろとしゃべった。その仕事を成功させることに身を焦がしていたが、自分の生命のことは、まったく意に介していないようだった。

「死というものはね、へとへとに疲れきった時に眠るようなものだと思いますね。目がさめてみると、窓ぎわから、ほし草のにおいがただよってくる夏の日のようなね。私は昔、牧草の茂る田舎でこうした朝を迎えると、いつも神に感謝したものです。だから死の眠りからさめた時にも、きっと神に感謝するだろうと思いますね」

翌日、彼は今までよりも快活になって、一日のうち大半を、ストンウォール・ジャクスン（アメリカ南北戦争当時の南軍の勇将）の伝記を読んで過ごした。僕は仕事の関係から、鉱山技師とともに夕食をとりに外出し、就寝前の例のチェス・ゲームに間に合うように、十時半に帰宅した。

居間のドアを押しあけた時に、僕は葉巻を口にくわえていたのを覚えている。あかりが消えているのが意外だった。スカッダーはもうベッドにはいったのだろうかと僕は考えた。

スイッチをひねったが、だれもいなかった。しかし、部屋のすみにあるものが目にはいった時、僕の口から葉巻が落ちて、冷汗が浮かんだ。

僕の客人が、大の字になってあおむけに倒れている。長いナイフがその心臓を貫いて、床(ゆか)にくし刺しにしていた。

II　牛乳配達夫

僕は安楽椅子にすわり込んだ。ひどく気持が悪かった。そうした状態が五分ほども続いたろうか、やがて恐怖の発作が襲ってきた。床の上に倒れている、うつろなまなざしの蒼白な死顔を見るにしのびないので、僕はテーブル掛けをとって、やっとのことで、その上をおおった。それからふらふらと食器棚へ行って、ブランデーをさがすと、たてつづけに五、六口がぶ飲みをした。今までにも無残な死にかたをした人間をこの目で見たことはあるし、それどころか、マタベル戦争のさいには、自分の手で何人か殺しもした。しかし、この屋内でおこなわれた冷酷な殺人となると話が違う。だが、それでも僕はかろうじて気をとり直した。時計を見ると十時半だった。

ふと思いついたので、部屋じゅうをしさいに調べてみた。あやしい人影もないし、それらしき形跡もなかった。しかし、よろい戸をおろして全部の窓に錠をかけ、ドアには鎖をかけた。

このころになると、僕は正気をとりもどしていたので、また頭を使うことができた。ほぼ一時間ほどかけて、この事態を考察した。あわてる必要はなかった。殺人者がもどってこないかぎり、朝の六時まで、対策を講じる余裕があるからだ。

自分がまったく動きのとれない状態にいることは——あまりにも明らかだった。今まで、スカッダーの物語にたいして、僕は一抹の疑惑をいだいていたとしても、そんなものは今や消しとんでしまった。物語の真実を証明する証拠は、テーブル掛の下に横たわっているではないか。スカッダーに秘密をかぎつけられたことを察知した一味は、彼をさがし出して、その口を封ずる最上の手段を行使したのだ。しかし、彼が僕の部屋で四日間すごしたからには、敵の連中は、その秘密が僕に伝わっていると考えているに相違ない。そうなれば、お次は僕の番だ。今晩か、あすか、あるいはあさってか、いずれにせよ、それはまったく時間の問題にすぎまい。

それからふいに、もう一つの可能性に思い当たった。かりに今、僕が外に出て警察に訴えるなり、あるいはベッドにはいってしまって、そのためにパドックが翌朝死体を発見して、警官を呼んで来たら、どういうことになるだろう。僕はスカッダーについて、どんな話をしたらいいというのか？

スカッダーのことではパドックにうそをついていたし、こんどのいきさつというものも、ひどくまゆつばものに受けとられるだろう。事実を赤裸々にさらけ出して、彼が告げたことを全部、ぶちまけたとしても、警察は一笑に付すにちがいない。十中の九まで、僕が殺人罪から逃げられる見込みはあるまい。情況証拠は、僕を絞首刑にするには充分なほど強い。僕は英国にあまり知り合いがいないし、ましてや自分から進んで法廷で、僕の人格を証言してくれるような親友もいない。おそらくこの見えざる敵どもは、この点も充分、勘定に入れているのだろう。やつらは何をやるにしてもそつがない。僕を六月十五日まで、とにもかくにも刑務所にぶち込んでおけば、それは僕の胸にナイフをつき刺すのと同じ効果があることになる。

そのうえ、僕が話を全部ばらして、ひょんなことからそれが信用されたとしても、それはとりもなおさず、やつらの利益になるのだ。つまりカロリデスは自国にとどまるにちがいないが、それはやつらの思う壺(つぼ)というものだ。いずれにせよ、スカッダーの死顔を見ているうちに、僕は彼の計画の熱烈な信奉者になってしまった。彼はすでにこの世にいない。だが、僕に秘密を打ちあけてくれた。したがって、僕には彼の仕事を引きつぐべき充分な義務があるといえよう。

命のせとぎわにあるくせに、ばかなことを、と思われるかもしれないが、しかし、僕は事態をそう受けとったのだ。僕はごく平凡な人間で、衆にひいでて勇気があるわけでもない。しかし正しい人間が敗北するのを座視(ざし)することは大きらいだ。だから、僕がスカッダーの志をつげば、あの長いナイフは、けっして今回の事件の終止符にはならないだろう。

この結論に達するまでに、一、二時間かかったが、そうなれば僕も肝がすわった。とにかく自分の姿をくらますことが先決だ。六月の第二週が終わるまでくらますことだ。それからなんとかして、その筋の大物に接近して、スカッダーからきいた情報を告げなければならぬ。今になってみると、スカッダーがもっと打ちあけて話してくれなかったことを、自分がもっと注意して耳を傾けなかったことをくやむほかはない。僕は話の骨格しか知らない。したがってほかの危機を切り抜けたとしても、結局は人から信用されないだろう。こうなったら運を天にまかせてやるだけやってみて、政府の高官に、僕の話が真実であることを確認させるような事態が発生することを願うだけだ。

まず第一になすべきことは、これから三週間のあいだ、自分の命をたいせつにすることだ。きょうは五月二十四日だから、つまり、一か八か、しかるべき政府の高官に接触できるまでの二十日間、潜行しなければならない。おそらく二組のグループが僕を追跡するだろう——スカッダーの敵は、僕をこの世から抹殺しようとするし、また警察はスカッダーの殺人犯として僕を逮捕しようとするだろう。めまぐるしい捕物帳になることだろうが、そういう先行きのことを考えると、奇妙なことだが気が楽になってきた。あまりにも長い間、髀肉(ひにく)の嘆をかこってきたせいか、冒険となれば、いかなるものであろうとも望むところだった。死体とさしむかいで腰をおろし、運を天にまかせるはめになってしまうと、ふみつぶされた虫けらも同然の自分ではあったが、しかし、この首の安全が、いつにかかって自分の機略にあるとなると、むしろ気分的には楽になれるだけの覚悟ができていた。

その次に、事件についてもっとも参考になるような書類を、スカッダーが身につけてはいまいかという考えがふと浮かんだ。テーブル掛けをめくって、彼のポケットをさがしてみた。もうその時には、僕は死体に対して恐怖を感じなくなっていた。死顔は、あっというまに刺殺された人間にしては、不思議なくらい穏やかだった。胸のポケットはからっぽで、チョッキのポケットにバラ銭とシガー・ホルダーがあるだけだった。ズボンのポケットには、小刀と数枚の銀貨、ジャケツのサイド・ポケットには、使い古したわに革の葉巻ケースがあった。しかし、彼がメモをとっているのを僕が目撃した、あの黒い手帳は見あたらなかった。てっきり犯人が持ち去ったのだろう。

所持品検査の仕事からふと目をあげると、テーブルの引出しがいくつか、あけっぱなしになっていた。人なみはずれてきちょうめんなたちのスカッダーが、そんなことをするはずは絶対になかった。だれかが何かを――おそらくは黒い手帳をさがしていたにちがいない。

僕は部屋の中を一巡してみて、何から何まで――書物の中、引出し、食器棚、手箱はもとより、洋服ダンスの中の衣類から食堂の食器台に至るまで、引っかき回されているのを発見した。手帳は見あたらなかった。どうやら敵は手帳を見つけたらしいが、スカッダーの身辺からではないようだ。

僕は地図帳をとり出して、英国の大きな地図を眺めた。都会にいたのでは、ねずみ取りにかかったねずみも同然だから、どこか辺ぴな土地へ逃げてやろう。そうすればアフリカで覚えた草原の知識も、多少は役に立つだろうというのが、僕の目算だった。それにはスコットランドがおあつらえ向きのようだった。僕の家系はスコットランド出身だから、どこへ行っても、並のスコットランド人として通用するだろう。最初は、ドイツ人の旅行者に化けてやろうとも考えた。というのは父の共同の商売仲間にドイツ人がいたので、ドイツのダマラランドで、銅山の試掘に三年間送った経験を抜きにしても、子供のころから、ドイツ語はかなり流暢(りゅうちょう)に話せるように仕込まれてきたからだ。しかしスコットランド人として行動したほうが、人目に立つまいし、警察に身もとを調べられた場合も、危険がすくないだろう。僕はガロウェイが、逃げ込むのに最適の場所だと決定した。予測したかぎりでは、ガロウェイはスコットランドにいちばん近い辺ぴな土地だし、地図の上から見ても、人口はそれほど稠密(ちゅうみつ)ではないようだ。

旅行案内を調べてみると、セント・パンクラス駅七時十分発の列車に乗れば、夕方ちかくにはガロウェイ地方の駅に到着することがわかった。これは問題ないとして、かんじんな点は、いかにしてセント・パンクラス駅までたどり着くかということだった。スカッダーのお友だちが、外で見張っているにちがいないからだ。僕はちょっと思いあぐんでしまった。しかし名案がひらめいたので、それを頭にいだいて、寝苦しい二時間を横になって過ごした。

四時にベッドから出て、寝室のよろい戸をあけた。すがすがしい夏の朝の薄明が空に流れて、すずめがさえずりはじめていた。昨夜のことが、まるで夢のように思えて、自分がとほうもない大ばか者のような気がした。このまま事態を成り行きにまかせても、英国の警察は、僕の立場をなっとくしてくれるに違いないと信じるような気持だった。しかし現在の情況を再考してみると、昨夜の決心をひるがえすような根拠も見あたらなかった。そこで自嘲まじりに予定の行動をとることにした。べつに尻ごみするような気持はなかった。ただ、面倒な目には遭いたくないと考えただけだ。

いいかげんくたびれたツイードの上下服と、鋲(びょう)を打ったじょうぶな編あげ靴(ぐつ)、それにえりのついたフランネルのシャツをさがし出した。ポケットに着がえのシャツと布の帽子(キャップ)、数枚のハンカチと歯ブラシを入れた。スカッダーが必要とするかもしれないと思って、僕は二日前に、銀行からかなりの金を金貨でおろしておいた。そこから一ポンド金貨で五十ポンドを、南アフリカから持ち帰ったベルトの中にしまい込んだ。当座はこれで充分だった。それから入浴して、長く伸びていた口ひげを短く刈り込んだ。

さていよいよ次の段階だ。召使のパドックは、毎朝、判で押したように七時半には到着して、表戸の鍵を開けてはいってくる。だが今までの例からみると、牛乳配達夫が、七時二十分前ごろになると、罐をガタガタ鳴らしながらあがって来て、ドアの前に僕の牛乳を置いて行くことになっている。朝早くドライヴに出かけたさいに、時に見かけたことがあるのだ。僕と同じくらいのからだつきの青年で、ぶしょうひげをはやし、白い上っ張りを着ている。僕は万一の僥倖(ぎょうこう)をこの男に賭けることにした。

僕はうす暗い喫煙室へはいった。朝の光がよろい戸越しにさし始めていた。ウィスキー・ソーダと食器棚からとり出したビスケットで、朝食をすませた。そのころには、すでに六時近くになっていた。パイプをポケットに入れて、暖炉のそばのテーブルの上にタバコ壺から刻みタバコを出して、タバコ入れにつめた。

ところが壺の中に指を入れると、何か固いものが手に触れた。とり出してみるとスカッダーの黒い手帳ではないか……。

まさに吉兆でなくしてなんであろう。僕は死体の布をまくりあげて、死顔に現われた安らぎと威厳の相に驚いた。「おさらばだよ、スカッダー君。僕はこれから君にかわってベストを尽くすつもりだ。僕の成功を祈ってくれたまえ」僕はそう告別の辞を言った。

それからホールをぶらついて、牛乳配達夫が来るのを待ち受けた。そうしているのが、たまらなくつらかった。ドアの外へ出たくて息が詰まるような気持だった。六時半が過ぎ、六時四十分になった。しかし、いぜんとして配達夫は姿を現わさなかった。あのばか野郎め、よりによってきょうという日に遅刻するとは。

六時四十五分がすぎてから一分ほどすると、ドアの外で罐の鳴る音がした。僕はドアをあけた。待ちに待った男が、運んで来た罐の中から僕のぶんを選びながら、口笛を吹いていた。僕の姿を見て、ぎょっとしたらしい。

「ちょっとはいってくれないか。話したいことがあるんだ」そう言って、僕は配達夫を食堂へ連れ込んだ。

「君にスポーツの趣味があるだろうと見込んでの話なんだがね、一はだぬいでくれないか。君の帽子(キャップ)と仕事着を十分間ほど貸してもらいたいのだ。お礼は一ポンドだよ」

金貨を見て、彼は両眼を大きくあけた。それから相好をくずして、「いったいなんのゲームです?」ときいた。

「賭けなんだ。説明する暇がないが、それに勝つためには、これからの十分間、僕は牛乳屋に化けなければならん。僕がもどって来るまで、君はここでじっとしてればいいんだ。牛乳の配達は多少遅れるだろうが、べつに文句を言うやつもないだろう。それに君はこの金貨をせしめるんだぜ」

「わかりやした」彼は楽しげに言った。「あたしはそんなやぼな野郎じゃありませんよ。どうぞ着換えてください」

僕は配達夫の青い帽子と白い仕事着を身につけて、牛乳罐を持ちあげるとドアをしめ、口笛を吹きながら階段をおりて行った。階下のボーイが、口笛をやめるようにこごとを言った。これはまさしく変装の成功を裏書きするものだと僕の耳に響いた。

通りには人気がないな、と初めは思った。ところが、百メートルほど前方に巡査がいて、通りの反対側には、浮浪者がのろのろと歩いているのが見えた。なんとなく気になったので、むかい側の家を見あげると、二階の窓に人の顔が映っていた。浮浪者はその窓の下を通過するさいに、目を上げたが、どうも合図を交したような気がしてならなかった。

僕は陽気に口笛を吹いて、牛乳屋をまねて、のんきに体をゆすりながら、通りを横断した。それから最初の横町にはいって、左手に曲がると、ちょっとした空地に通じる小路があった。そこには人影がなかったので、ミルクの罐を板囲いの中に落して、そのあとから帽子と仕事着をほうり込んだ、布製の自分の帽子をかぶり終わったちょうどその瞬間に、郵便配達夫が角を曲がってやって来た。お早よう、と声をかけると、配達夫はあやしむようすもなく挨拶した。その時、近くの教会の時計が七時を打った。

一刻といえどもむだにできない。ユーストン通りへ出るやいなや、僕はいだてん走りに駆け出した。ユーストン駅の時計は七時五分を指していた。セント・パンクラス駅についた時には、切符を買う余裕がなかった。目的の駅を決めていなかったことは、言うまでもない。赤帽にプラットホームを教えてもらい、駆けつけると、すでに列車は動き出していた。二人の駅員が制止しようとしたが、僕はその手をかわして、最後尾の車両にとび乗った。

三分ほどして、列車が北のトンネルをごうごうと通過しているさい中に、カンカンにおこった車掌が、僕のところへどなり込んで来た。車掌はニュートン・スチュワートまでの切符を切ってくれたが、その駅名は、ふいに僕の記憶によみがえってきたものだった。それから一等車から三等車へと案内された。ひとりの水兵と、子どもづれのでっぷりした女が乗り合わせていた。車掌はぶつぶつ言いながら立ち去った。僕は額の汗をふきながら、ひどいスコットランド訛りで、汽車に乗るのも大仕事だ、とぼやいてみせた。早くもお芝居を始めたというわけである。

「いけすかない車掌ったらありゃしない……」と同室の女が、はき出すように言った。「あんなやつには、ずけずけ言ったほうがいいんですよ。この子の切符がないって文句を言ったけど、来年の八月がこないと四つにならないのにさ。それに、こちらさんがつばを吐いたって、ガミガミ言うし」

水兵はむっつりした顔でうなずいた。こうして僕の新生活は、まず政府に対する反抗的な空気のなかで開始された。一週間前には、人生とは退屈なことと見つけたり、とぼやいていたことが僕の脳裏に浮かんできた。

III　文学好きの宿屋の亭主の冒険

その日は北へ向かって、神妙な時間をすごした。時あたかも快適な五月で、どこの垣根にもさんざしの花が咲いていた。僕は自分がまだ自由の身だったら、いぜんとしてロンドンに腰を据えたままで、こんな天国のような田園風景を目にすることはできなかっただろうと感慨にふけった。さすがに食堂車に顔を出す勇気はなかったので、リーズ駅で弁当を買い、例のふとった女にもおすそ分けをして食べた。朝刊も購入したが、それには競馬（ダービィ）の出走馬のことや、クリケット・シーズンの開幕のニュースがのっていた。バルカン問題がいかにして落着したかと、英国艦隊がキール軍港へ向かいつつある、といった記事も出ていた。

新聞に目をとおしてから、スカッダーの黒い手帳を出して、研究した。書かれているのはメモ、それも主として数字が多く、ところどころに名まえがはいっていた。例えば「ホフガード」「リュネヴィーユ」「アヴォカード」という名まえが頻繁（ひんぱん）に出てきたが、とくに「パヴィア」ということばが多かった。

今では、スカッダーのやることには、必ず意味があるのだと僕は確信していたから、これはすべて暗号にちがいないと考えた。暗号というものには、僕はいつも興味を持っていたし、現に、ボア戦争当時、情報部員として、自分でもすこし手がけたことがある。チェスとパズル向きの頭を持っているし、暗号解読には長じているつもりだった。ところでこの暗号は、数字の組合せが、アルファベットの記号に対応する数式暗号のように思われたが、頭の働く人間なら、こんな種類の暗号など、一、二時間もいじくれば、解読できるものだ。スカッダーが、そんな安易な方法で満足したとは、とうてい考えられない。そこで僕は、文字のほうに目星をつけた。字の配列を示す鍵のことば(キー・ワード)を決定すれば、かなりすぐれた数式暗号を作れるものだ。

　僕は何時間もとり組んでみたが、しかしどのことばもキー・ワードではなかった。やがて、そのまま眠り込んでしまい、ダンフリーズ駅で、乗りすごす寸前に列車から飛びおり、鈍行のガロウェイ行きに乗り換えた。プラットホームには、気にくわない風采(ふうさい)の男がいたが、僕のほうには目を向けなかった。鏡に映った自分の顔を見て、われながら合点がいった。陽にやけた顔、着古したツイード、つばのたれた帽子、そこに映っているのは、三等車に群がっている山地の農夫の典型ではないか。

　陶製パイプから立ちのぼる下等な刻みタバコの煙の中で、そうした農夫六人ばかりとともに僕は旅をつづけた。連中は毎週たつ市場からの帰りで、物価のことばかり話題にしていた。ケアーン河やデューチ河、およびその他の水域で、出産期の羊の世話代金がいかに高騰したかという話も聞かされた。半数以上の男が昼食をつめ込んで、ウィスキーをしたたかきこしめしていた。しかし僕のことなど、いっこうに意に介せぬようだった。汽車はのろのろと樹木の茂る峡谷を進み、やがて広大な荒地へとさしかかった。あちらこちらに湖が輝き、北のほうには青い丘陵が連なっていた。

五時ごろになると汽車はがらあきになり、望みどおり僕はひとりぽっちになれた。その次の駅で僕は下車した。ちょうど沼地のまん中に位置する名まえもろくに知らない土地である。南アフリカの名もない小駅のことが思い出された。老齢の駅長が庭を掘り返していたが、列車が到着するとくわを肩にかついで、のそのそと歩みより、小包を一つ受けとって、またじゃがいも畑のほうにもどって行った。十歳ぐらいの子どもが僕の切符を受けとった。褐色の荒地の中を走っている白い道を僕は歩き出した。

恍惚(こうこつ)とした春の夕暮、丘は紫水晶のように、くっきりと空に浮かんでいる。空気は奇妙な沼のにおいを伝えていたが、しかしまるで大洋のただ中にいるようにすがすがしく、僕の気持に不思議な作用を及ぼした。実際、うきうきした気分になってきたのだ。警察からうの目たかの目で追及されている三十七歳の男のことはどこへやら、夏休みにハイキングに出かけた少年のような気分だった。霜のおりた朝、大きな牛車にのって南アフリカの草原を行った時に感じた、あの気分である。正真正銘の話、僕はその白い道を、口笛吹いて、陽気に歩いて行った。胸中にはなんの成算もなかったが、ただ足のおもむくままに、このすがすがしく香り高い丘陵地帯を歩き続けるだけだった。歩けば歩くほど、ますます気分は快適だった。

道ばたのはんのきを切って、ステッキがわりにした。すぐに街道を折れて小道にはいると、ごうごうと渓流の流れる谷間へ出た。追跡の手はまだ身辺に伸びていないから、今晩はゆっくり休めそうだな、と僕は考えた。食事をしてからかなり時間がたっていたので、滝のかたわらの奥まったところにある羊飼いの山舎にたどりついたころには、腹の虫がグウグウ鳴っていた。入口には陽やけのした女が立っていて、いなかの人らしく、親しげにはにかみながら僕に会釈した。一晩泊めていただけないかときくと、女は〝屋根裏部屋でよろしければ〟と言って応じてくれた。そしてすぐに、ハムエッグや菓子パンや濃い牛乳を目の前に並べてくれた。

日が暮れたころに、ご亭主が山から帰って来た。常人が三歩あるくところを一またぎですませるような、やせた大男だった。山家（やまが）育ちの常で、夫婦とも僕には何も質問しなかった。しかし、僕のことを商人だと考えているらしいので、こちらも極力そのように見せかけることにした。亭主の無知につけ込んで、僕は畜牛のことをしゃべりまくり、ガロウェイ地方の市場のことをいろいろ聞き出した。そして、後日の役に立てるべく、その知識を頭に刻みこんだ。十時ごろになると、僕は椅子にすわってうとうとしていた。屋根裏部屋のベッドに疲れたからだを横たえて、そのまま朝の五時まで、ぐっすり眠り込んでしまったが、その時刻には家の人々はすでに起きて仕事を始めていた。

夫婦者はどうしても謝礼を受けとらなかった。六時に朝食をすまして、僕は南に向かって力強く歩き出した。僕の考えでは、きのう下車した場所から一駅か二駅さきまで行って、それからまた引きかえすつもりだった。警察としては当然、僕が西部の港のほうに向かって、ロンドンから逃避行を続けていると推定するであろうから、こうするのがいちばん安全な方法だと考えたわけだ。まだ警察をかなりだし抜いているはずだった。犯人を僕だと決定するまでには数時間かかるだろうし、その僕が、セント・パンクラス駅から乗車した男であることを確認するには、さらに数時間は要するだろう。

前日と同じように、美しい快晴の春の日で、人目をはばかるような気持には、どうしてもなれなかった。実際、ここ数カ月間、味わったことのないほど爽快な気分だった。長い荒地の背を越えて、羊飼いたちがケーンスモア・オブ・フリートと呼ぶ高い丘のすそをめぐる道を進んで行った。巣造りのしぎや千鳥がいたるところで鳴いていた。小川のほとりにある緑の牧場には、子羊が点在していた。

この数カ月間のたるんだ気持が骨のずいからすっかり抜け出して、まるで四歳の子供のように、僕ははね回った。歩くほどに荒地の隆起の上に出たが、それは小川のある谷間へ傾斜していた。一マイルほどかなたの荒地に、汽車の煙が見えた。

駅に到着してみると、まさしく僕の目的にうってつけであることがわかった。駅の周囲は荒地に囲まれていて、鉄道の単線と待避線、待合室と事務所と駅長の官舎、それにグズベリーとアメリカなでしこの茂るちっぽけな庭があるだけだった。駅に通じる道はどこからもついていない。そして半マイル先の、灰色の花崗岩の岸辺を洗っている山地の湖の波が、その駅の孤立感をいっそう強めていた。東部行きの列車の煙が地平線に現われるまで、僕は生い茂ったヒースの中で待機していた。それから、ちっぽけな改札口へ行って、ダンフリーズ行きの切符を買った。

同じ車輛の乗客は犬をつれた年配の羊飼いだけだった。白目をしたうす気味の悪い犬だった。羊飼いは眠っていたが、隣りの座席には、その日の「スコッツマン」紙の朝刊がのせてあった。僕はふるえる手でそれをとりあげた。自分のことが何か出ているはずだと思ったからだ。

ポートランド・プレース殺人事件（と新聞は名づけていた）の記事が二つ出ていた。召使のパドックの知らせによって、牛乳配達夫が逮捕された。気の毒なことに、牛乳屋は金貨一枚を手に入れるのに、さんざんな目にあったらしい。しかし警察では、牛乳屋を取り調べるのに、一日の大半を費やしたらしいから、僕にとっては、ひどく安くついたことになる。そのあとに、さらにその後の経過ものっていた。牛乳配達夫は釈放されたが、真犯人については警察は言明をさけている。しかし、ロンドンから北部行きの汽車で、犯人は高飛びしたものと見込まれていると書いてあった。その部屋の借り主として、僕のことも簡単にのせてあった。警察では、そうすることによって、真犯人としての嫌疑がかけられていないと、僕に思い込ませようという、見えすいた策略を使っているようだ。

ほかには、外国の政策やカロリデス首相や、スカッダーが興味を持っていたような類の記事は何もなかった。僕は新聞を下においた。ちょうど列車は、僕がきのう下車した停車場にさしかかっていた。いも掘り駅長も、きょうはいやでも怠けているわけにはいかなかった。というのは、僕の乗った列車を通過させるために、待避していた西部行きの汽車から三人の男が下車して、駅長に質問していたからである。どうやらこの三人は地方警察の連中で、スコットランド・ヤード（ロンドン警視庁）の要請によって、このちっぽけな支線まで僕の足どりを追って来たらしい。僕は影にかくれるように、うしろにもたれて、注意深く彼らを監視した。ひとりは手帳を手にして、何やら書き込んでいた。老駅長は、いらいらし始めたらしいが、僕の切符を受けとった改札口の子供がしきりにしゃべっていた。彼らはいちように、白い道が通っている荒地に目を向けていた。連中がその方向に、僕の足どりを捜査するようにと僕は念じた。

汽車が駅から動き出すと、連れの男が目をさました。寝ぼけ眼で僕を凝視してから、犬を手荒にけとばし、いったいどこら辺なのかと僕にきいた。酔いつぶれていたらしい。

「禁酒なんざ、くそくらえだ」男はいまいましそうに言い放った。

僕は、あんたは筋金入りの禁酒家だろうと思っていたのに、と驚いてみせた。

「おら、まっとうな禁酒党さ」彼はつっかかるように言った。「去年の聖マーティン祭(十一月十一日)の時に禁酒の誓いをたてて、それからはウィスキーのひとたらしも口にしなかったさ。大晦日だって、なんともたまらなかったががまんさした」

彼は両のかかとを座席の上にどっかとのせて、きたならしい頭をクッションに埋めた。

「それがこのざまだよ」と彼はうめいた。「地獄の火で焼かれるよりもたまらねえ。おら、だから日曜日に、ちょっくら別な手をかんげえたんだ」

「というと?」僕はきいた。

「ブランデーとかいうやつをいただいたのよ。禁酒したからにゃ、ウィスキーに手を触れるわけにはいかねえ。だから、一日じゅう、ちびちびとブランデーをきこしめしたのよ。このぶんじゃ、二日酔いが二週間たってもさめるかどうかわかんねえよ」その声はしだいにとぎれがちになって、消えて行った。泥のような眠りの中にふたたびおちいってしまったのだ。

僕の計画では、この先のどこかの駅で下車する予定だった。ところが待てば海路の日和とやら、濁水がとうとうと流れている河にかけられた橋を通過したところで、汽車は急停車してしまった。

外を眺めたがどの車両の窓もしまっているし、野外には人影もなかった。僕はドアをあけて、線路のわきのはんのきの茂みの中にすばやく身をおどらせた。

　あのくそいまいましい犬さえいなかったら、万事うまくゆくところだった。主人の持ち物を、僕がかっさらって逃げるとでも勘ちがいしたのか、犬は急に吠えて、僕のズボンにかみついた。この物音で羊飼いが目をさまして、てっきり僕が投身自殺をしたものと思いこみ、ドアのところで大声をあげた。僕は茂みの中をはいずって、河のふちにたどりついた。やぶのおかげで九十メートルほど逃げることができた。茂みのかげから、背後をすかして見ると、車掌と五、六人の乗客が開いたドアのところに集まって、僕のいる方向をうかがっていた。軍楽隊を用意しておいたとしても、これほどはでな見送りは受けられなかったろう。

　ところが幸運にも、例の酔っぱらった羊飼いが、みんなの注意をそらすようなことをしでかしてくれた。彼と、それに彼のからだに巻いたロープでくくりつけられていた犬が、数珠つなぎになって車両からとつぜん線路へまっさかさまにころげ落ちて、水面に向かって土手をごろごろところがって行ったのだ。さっそく、救助に向かった連中のだれかに犬がかみついたとみえて、どなりちらす声が聞こえてきた。こうなると、僕にかまうどころの騒ぎではないようだ。四分の一マイルほど匍匐前進してから、思いきってふり返ってみたが、列車はふたたび動き出していて、やがて、切通しの中に消えてしまった。

　褐色の河を半径と見たてると、僕は荒地のその大半円形の中にいるわけだった。高い丘陵が、その北側の円周を形づくっている。人の気配もなく物音もしなかった。ただ、せせらぎの音と、しぎの長ったらしい鳴き声が耳につくだけ。

　ところが、奇妙なことに、僕はこの時はじめて、追われる者の恐怖を身内に感じた。頭に浮かんできたのは警察ではない。スカッダーの秘密を悟られたことを知ったからには、絶対に僕を生かしてはおかぬ、あの秘密結社のことだ。彼らは英国の警察には知られぬ、きびしい大捜査網を展開している。その魔手につかまったが最後、助かる余地のないことは確実だった。

　背後をふりかえって見たが、あたり一面には何もなかった。線路と、河の中のぬれた石が、陽光にキラキラと輝いている。世の中にこれ以上、平和な光景があろうとは考えられなかった。とは言え、僕はまた走り出した。沼地の小川の中を身をかがめながら、汗で目が見えなくなるまで走った。その発作的な気持は、山の端にたどりついて、あの褐色の河を見おろす山の背に、あえぎあえぎ身を投げだすまで、僕につきまとってはなれなかった。

　地の利をえたこの場所から見わたすと、右手のほうには荒地全体が線路のところまで広がり、南のほうにはヒースのかわりに緑の沃野になっていた。僕はたかのような目を持っていたが、それでも目のとどくかぎりには、動くものはなにも見えなかった。それから山の背ごしに、東を眺めると、全然べつな風景が目にはいった――もみをいっぱい植えた浅い緑の谷があり、かすかにほこりが巻き上がっているのは、国道の存在を示している。最後に、青い五月の空を仰いだ。すると、僕の胸の動悸(どうき)が早鐘のように打ち出した……。

　南方の低空から、単葉機が一機上昇してくるところだった。直観的に、その飛行機は僕を捜索中で、しかもそれは警察の飛行機ではないと僕は信じた。一、二時間、ヒースの穴の中から、僕

は飛行機を注視した。それは丘の頂きの上を低空で飛び、ついで、僕が通ってきた谷の上空を、何度も輪を描いて旋回した。それから急に方針を変えたらしく、急上昇をするや、南のほうへ飛び去ってしまった。

空からの捜索とは脅威だった。逃げ込むのにいなかを選んだのは、どうもあまりうまくなかった、と僕は思い始めた。もし敵が空にもいるとなると、こんなヒースの生えた丘にいるのは裸同然、こうなるとべつの避難所をさがす必要がある。僕は山の背のかなたにある緑地帯を、まんざらでもない気持で眺めた。あそこなら森も石造りの家もあるに違いない。

夕方の六時ごろに荒地をぬけ出して、低地の水流に沿った狭い谷間をさえぎっている一条の白い道路に出た。歩むほどに耕作地は雑草地帯にかわり、峡谷は高原となり、ほどなく、峠のような場所にたどりついた。薄明りのなかに一軒家が煙を出していた。道は橋のところで大きく曲がっていたが、その欄干に、青年がひとりもたれていた。

青年は陶製の長いパイプをくゆらし、眼鏡をかけた目で水面をじっと見つめていた。小さな書物を左手にして、指をページにはさんでいた。ゆっくりと、彼は口ずさんだ。

翼もつグリフォンが天翔(あまが)けて
山越え野越え、曠野(こうや)を渡り
かのアリマスピアンを追いしごとく

かなめ石に鳴る僕の足音を聞いて、青年は、はっとしてふりむいた。日焼けのした子供っぽい明るい顔だった。

「今晩は」と青年はまじめくさってあいさつした。「旅行にはおあつらえ向きの晩ですね」泥炭の煙と焼肉のにおいが建物のほうからにおってきた。

「あれは宿屋ですか？」と僕はきいた。

「さようです？」青年はていねいに答えた。「私が主人です。今晩あなたにお泊まりいただけたら幸いです。じつを申しますと、この一週間というもの、私は口をきく相手もなかったありさまでして」

僕は橋の欄干にもたれて、パイプにタバコをつめた。そして気がゆるせる相手かどうか、瀬ぶみを始めた。

「宿屋の経営者にしてはお若いですな」

「父が昨年なくなりましたので、私がその跡をついだのです。今は祖母といっしょにおります。宿屋なんて若い者にはまだるっこい商売ですし、それに僕のやりたい仕事でもありません」

「君のやりたい仕事というと？」

青年は、明瞭に顔を赤らめた。

「ものを書きたいのです」

「それならまさに絶好のチャンスじゃないですか？　宿屋の主人くらい、将来すぐれた作家になれる職業は世の中にないと僕は考えるな」

「今じゃ違いますよ」青年は勢いこんで言った。「巡礼、吟遊詩人、馬にのった追はぎ、それに郵便馬車なんかにお目にかかれた昔の話ならいざ知らずです。今じゃ来るといってもせいぜい、ふとった女がいっぱい乗った自動車が昼食に立ちよるとか、春さきに魚釣りがひとりふたり、それに夏場に狩猟家が数人来るくらいがせいぜいでしょう。それじゃ小説のタネにはなりません。私は人生を知りたいし、世界を歩きたい。そして、キップリングやコンラッドのような作品が書きたいのです。ですが今までにやったことといえば、せいぜい『チェンバーズ・ジャーナル』に詩をすこし発表したくらいです」

　褐色の丘陵を背にして、夕日の中に黄金色に照りはえる宿屋に僕は目を向けた。

「僕もまんざら世間知らずでもないが、それでも、こうしたいなか家を軽蔑しないな。冒険というものは、熱帯地方や革命党員でなければ遭遇できないものだと君は思いこんでいるんじゃないかい。現に今だって、冒険は君の目の前にぶらさがっているかもしれんよ」

「キップリングもそう言いましたね」青年は目を輝かせて「九時十五分のロマンス」に関する詩を引用した。

「それなら、君にうってつけの実話があるよ。ひと月たったら、それを小説に仕立てたらいいだろう」

　橋の上に腰をおろし、柔らかい五月の薄暮の中で、僕はおもしろい話をきかせてやった。細部は変えたが、話の本筋は実話だった。僕は自分がキンバレー（南アフリカのダイヤモンド産地）の鉱山王なのだが、ダイヤモンドのやみ商人とトラブルを起こしてしまった。すると、やつらはギャングの本性を現わして、海を越えて僕を追跡し、とうとう親友を殺したうえ、今なお僕をつけねらっているのだと話した。

自分の口から言うのもおかしいが、僕はうまく話をでっち上げた。カラハリ砂漠を横断して、ドイツ領アフリカへ逃避行したさいの灼熱（しゃくねつ）の太陽や、青いビロードのような美しい夜の風景を描写した。イギリスへ帰る航海中に命をねらわれたことも語った。そしてポートランド・プレース殺人事件の身の毛もよだつような話も。

「君は冒険を求めている。よろしい。それなら、お望みのものが君の鼻の先にある」と僕は声を大きくした。「悪党どもは僕を追跡し、警察はまた悪党どもを追跡中だ。このレースには僕はなんとかして勝ちたいと思っている」

「驚きましたね！」青年は息をはずませてささやいた。「ライダー・ハガードやコナン・ドイルの小説そっくりじゃありませんか？」

「信じてもらえるんだね」と僕は感謝した。

「言うまでもありません」そう言って青年は手を差しだした。「私は常識からはずれたことならなんでも信じます。信用しないのはありきたりのことだけです」

彼は非常に若かったが、僕にとっては願ったりかなったりの人物だった。

「やつらは今のところ、僕の足どりはつかんではいないらしい。しかし、二日ほど身を隠す必要がある。かくまってもらえるかね？」

彼は夢中になって僕のひじをつかみ、建物のほうへつれて行った。

「ここならば、絶対安全な隠れ家ですよ。妙なうわさがたたぬように私が気をくばります。そのかわりと言ってはなんですが、あなたの冒険譚について、もっと材料をいただけるでしょうね？」

宿屋のポーチにはいった時に、遠くからエンジンのうなりが聞こえてきた。うす暗い西の空には例の単葉機の影がくっきりと浮かんでいた。

彼は宿屋の裏手にある、高原の見はらしのきく部屋をあてがってくれた。そして、愛好する作家の廉価版の書物がぎっしりとつまった書斎も、自由に使わせてくれた。彼の祖母という人物は見かけなかったが、察するところ、寝たきりでいるらしい。マーギットという名まえの老女が、食事をはこんで来てくれた。主人のほうは終始、僕につきっきりだった。僕はひとりきりになりたいので、一計を案じて、彼に用事を頼んだ。彼がモーター自転車をもっているところから、いつもだと、その翌朝の午後に郵便で配達されるという日刊紙を買いに行ってもらったのだ。僕は彼氏に、油断なく目を見はって、途中で会った土地者でない人間の顔をよく覚え、とくに自動車と飛行機には、気をくばるようにと告げた。それから腰をおろして、スカッダーの黒い手帳をむさぼるように研究した。

宿の主人は、正午ごろスコッツマン紙を買ってきた。目ぼしい記事はなく、ただ、パドックと牛乳配達夫のその後の証言と、犯人は北部へ逃亡中という、きのうの記事のくり返しがでているだけだった。しかし、カロリデス首相とバルカン紛争の情勢に関する、タイムズ紙からの長文の再録記事がのっていた。もっとも、首相の訪英のことには全然触れていなかったが。午後になると、僕は主人を部屋から追い出してしまった。暗号解読に油がのってきたからである。

前にも述べたように、それは数式暗号なので、いろいろな方法を駆使して当たっているうちに、カモフラージュ文字と句読点は、ほぼ発見することができた。しかし問題はキー・ワードだった。スカッダーが使ったかもしれぬことばをあれこれと考えてみたが、どれも、ものにならなかった。

ところが、三時ごろに、とつぜん、頭にひらめいたものがあった。

ジュリア・チェッチェニーという名まえが、記憶の中をかすめた。スカッダーは、これがカロリデス問題の鍵になると言っていた。僕はふとそれを暗号に応用してみる気になった。

まさにぴたりだった。"JULIA"という五文字は、母音の位置を示していた。つまり、母音のAはJにあたり、それはアルファベットの十番目だから、暗号文中のX（ローマ数字の十）を意味する。母音EはUで、すなわちXX―というぐあいだった。"CZECHENYI"は主な子音を表わす字を示していた。紙切れにその排列を書きとめて、僕は腰をすえて手帳を読み始めた。

三十分ほどの間、心もち青ざめた顔で、テーブルを指でたたきながら、僕は読み進んだ。

ふと窓外に目をやると、大型の幌つき旅行用自動車が、谷のほうからこの宿屋めざして進んでくるところだった。自動車は入口に近づき、車から乗り手が降りる物音がした。モーター服にツイードの帽子をかぶったふたりの男のようだった。

十分たったころ、主人が興奮のあまり目をギラギラさせて、僕の部屋にそっと忍び込んできた。

「あなたをさがしに、下にふたりきましたよ」と声をひそめた。「食堂でハイボールを飲んでるところです。あなたのことを問いただして、ここで会えるつもりだったのに、なんて言ってますよ。あなたのシャツから靴にいたるまで、じつにことこまかにしゃべりました。私は、その人なら昨晩ここに泊まって、けさほどモーター自転車で立ち去ったと言ってやりました。そしたら、ひとりの男なんか、まるで土方みたいに、ののしりましたよ」

僕は連中のようすを聞き出した。ひとりは、毛虫まゆ毛で目の黒いやせた男、もうひとりは終始、うすら笑いを浮かべながら、舌たらずの発音をする男とのことだった。ふたりとも絶対に外国人ではありませんよ、とこの点になると主人公はひどく自信ありげだった。

僕は紙をひきさいて、手紙の断片のような文句をドイツ語で書き記した。

……黒い石。スカッダーは、この点をつきとめましたが、一週間のあいだ、動けませんでした。とくにカロリデス首相の訪英計画が不確定のことを考え合わせると、現状では、小生にはたいしたことができそうにもありません。ですがT氏がご指示くだされば、小生はベストをつくして……

かなり手ぎわよくでっち上げたので、まるで私信の一節のように見えた。

「これを下へもって行って、僕の寝た部屋から出てきたから、追いついたら渡してくれるようにと、言いなさい」

三分後に、自動車が動き出す音が聞こえた。カーテンのかげからのぞくと、ふたりの男が目についた。やせ型の男と身軽な感じの男だった。せいぜい、そのくらいしか見てとれなかった。

宿の主人公が、ひどく興奮して姿を現わした。

「あの手紙を見たとたんに、連中は飛びあがりましたよ」彼はうちょうてんになって言った。「浅ぐろいほうは、死人みたいにまっさおになって、気違いのように毒づくし、でぶのほうは、ヒューッと口笛を吹いて、ぞっとするようなご面相になりましたよ。飲物の代金を半ソヴリン金貨で払うと、釣り銭も待たないで、飛び出しました」

「こうなると、君にお願いしたいことがあるんだよ。自転車に乗ってひとっ走り、ニュートン・スチュワートの警察署長のところへ行ってもらいたい。ふたりの男の人相を話して、ロンドンの殺人事件に関係のある人間じゃないかと思うと、密告してもらいたいのだ。理由は何とでもつくさ。あのふたりはまたもどってくるだろうが、恐れることはない。まず今晩ではないよ。連中はあの道を追って四十マイルは行くだろうから、早くても帰ってくるのはあすの朝だな。あすの朝、早くから張り込むように警察に言うんだね」

　青年は、聞きわけのいい子供のように出かけて行った。その間、僕はまたスカッダーの手帳ととり組み、主人が帰宅してから、ふたりでいっしょに夕食をとった。儀礼上、彼がいろいろと質問するのに僕は答えてあげた。ライオン狩りや南アフリカのマタベル戦争の話をうんとこさ聞かせてやったが、そのあいだずっと、僕は現在、自分がたずさわっている危険な仕事にくらべたら、こんな話なんかものの数じゃない、と感じていた。彼がベッドへ行ってから、僕は寝もやらずにスカッダーの手帳ととり組み、読了してしまった。夜が白々と明けるまで、椅子にすわってタバコを吹かした。とても寝るどころの騒ぎではない。

翌朝八時ごろ、部長刑事と二名の巡査が到着したのを、僕はこの目で確かめた。一行は、宿の主人の指図で馬車置場に車を入れてから、家の中へはいって来た。二十分ほどすると、べつな車が、反対方向から、平原を越えてやってくるのが窓ごしに見えた。その車はまっすぐ宿屋までこないで、二百ヤードばかり離れたところにある木立のかげで停車した。車の乗り手はその場所から離れる前に、注意深く、車をターンさせたのに僕は気がついた。一、二分後には、窓の外の砂利を踏む足音が聞こえた。

最初の計画では、寝室の中に隠れて、これから起こることを、高みの見物としゃれるつもりだった。警官たちと、もう一組のさらに危険な追跡者どもとはちあわせさせることができれば、僕にとっては、はなはだぐあいのいいことになるだろうと考えていたからだ。しかし、さらに妙案が浮かんできた。宿の主人にお礼のことばを走り書きして、僕はグズベリーの茂みの中に身をおどらせた。まんまと土手を越え、支流の小川のふちをはって、木立のむかい側にたどりついた。朝の陽光の中に、真新しい自動車がとまっていた。しかしそのほこりをかぶったありさまは、長い旅行をしてきたことを物語っている。車にエンジンをかけ、運転台に飛び乗って、高原めざして僕は静かにすべりだした。すぐに急激な下り坂になっているので、宿屋は見えなくなってしまった。だが、人間の怒号が風に乗ってきこえてくるような気がした。

Ⅳ　自由党候補の冒険

自動車の全速力、四十馬力を出して、五月の陽光の朝、荒地のでこぼこの道を飛ばして行く僕の姿をご想像ねがいたい。肩ごしに背後をふり返っては、次の曲がり角に視線を移す。運転をあやまらないように、気をくばるのがせいいっぱいだった。スカッダーの手帳から知った事実を、死にものぐるいになって考えていたからである。

小男のスカッダーは、僕にうそ八百を並べていたのだ。バルカン問題をはじめ、ユダヤ人の無政府主義者や外務省会議などに関する彼の話は、すべてがごまかしだった。カロリデス暗殺の件にしてもしかりである。とは言え、いずれお話しするつもりだが、完全にそうだとも言いきれないふしもある。僕はすべてのことを、彼の話を全面的に信じるという点に賭けてきた。そして一ぱいくわされてしまったのだ。ここにある彼の手帳は、別の話を伝えている。が、僕は一度だまされたにもかかわらず、性こりもなく、今度もそれを頭から信じたのである。

その理由は、自分でもわからない。とにかく、いやおうなしに訴えてくる、真実の響きがあったとしか言えない、そういえば、スカッダーの最初のつくり話にしても、同じように何か訴えるものをもっていたが。六月十五日は運命の日に、一政治家暗殺にもまして、重大な、運命の日になろうとしている。それはあまりにも重大なことなので、スカッダーが僕をのけ者にしておいて、自分ひとりで処理しようとしたことをとがめる気にはなれなかった。彼がそうするつもりでいたことは今や明らかだった。彼はいかにも重大そうなことを僕にうち明けたが、真相は驚天動地の大事件だ。したがって、それをつきとめた当事者としては、独力で対処したかったのだろう。僕は彼を責める気にはなれない。要するに、彼が血眼になって求めていたのは、さまざまの危険であったのだ。

　ことのしだいは全部手帳に記されていた——余白もあったが、それは彼が自分の記憶をたどって、埋めるつもりだったのだろう。彼が情報を引き出した、その筋の人間の名まえを記してあり、それらの人物には、それぞれ数字で現わした価値を付して、差引き計算がしてあった。つまり、この物語の各段階に対する信憑性を示したものである。彼が書きつけた四つの名まえが、その筋の人物たちだった。デュクローズンなる人物は五点満点中の五点、アマースフールトなる人物は三点だった。手帳には、話の骨子しか書いてなかったが、そのほかに、奇妙な文句が、六回ほど括弧つきで出てきた。（三十九段）というのがそれである。最後に出てきた時には、（三十九段。私は数えてみた——満潮午後十時十七分）とあった。何のことやらさっぱりわからなかった。

　僕が手帳から教えられた第一のこと、それは戦争防止は問題外ということだった。それはクリスマス同よう、到来するのは時間の問題であった。つまり、スカッダーの言によれば、一九一二年の二月から準備されている、とのことだった。カロリデス暗殺は、そのきっかけを作ることになる。カロリデスにはすでに白羽の矢が立って、今から十八日後の六月十五日には死ぬ運命にある。手帳にしるすところによれば、それは人力をもってしては、いかんとも阻止できぬらしい。カロリデスの屈強な護衛兵たちも、警官の警棒くらいの役にしか立たぬようだ。

　この戦争は英国が奇襲攻撃を受けることによって始まるだろう、というのが、手帳から教えられた第二の点だった。カロリデスの死によって、バルカン諸国に紛争が発生し、オーストリーが最後通牒をつきつけて介入する。ロシアはそれを好まないから、意見のはげしい対立が起こる。だが、ドイツは世界平和のための調停者として行動し、紛争を静めようとする。と見せかけて、とつじょとしてけんかの口実を見つけるや、それをふりかざし、五時間後には英国に火の雨がふるという寸法である。

　それが、手帳に書かれている予想だったが、かなりうがった見かたと言えよう。甘言を弄して油断させて、やみ打ちをくらわそうと言うのだ。英国人が、ドイツの善意だの誠意だのと論じているあいだに、英国の海岸線にひそかに機雷が敷設され、潜水艦が英国の艦艇を待ち伏せするという手である。

　しかし、こうしたことは、すべて六月十五日に発生するはずの第三の点にかかっていた。以前に、西アフリカ帰りのフランスの参謀将校にたまたま会って、いろいろな情報を聞いていたからよかったものの、そうでなかったら、僕はこの点をまず理解できなかったろう。その時の話によると、英国議会ではさまざまな愚論が横行しているにもかかわらず、フランスと英国の間には、事実上の軍事同盟が進行し、両国の幕僚参謀が随時に会合して、戦争勃発のさいの統一行動についての計画を立案ずみである、とのことだった。ところで、手帳によれば、六月にはフランス政界の巨頭がパリから来て、英国本土防衛艦隊の、動員令下における配置情況の説明を聞くことになっている。すくなくともそれに類したことをやるらしい。いずれにせよ、とほうもなく重要なことだろう。

　しかし六月十五日には、別な人間もロンドンへくる――僕の推測したかぎりでは、別の人間としか呼びようがない。スカッダーはその連中を一括(いっかつ)して、好んで「黒い石」と呼んでいた。彼らは英国の友邦の代表者ではなく、恐ろしい敵である。そして、フランスへ渡すべき機密情報は、彼らのポケットの中にまんまと収められてしまう。そしてその情報は、一、二週間後、とつじょとして夏の夜に来襲する巨砲と高速魚雷という形で利用されることになるのである。

　これがキャベツ畑に面したいなかの宿屋の裏手の部屋で、僕が解読した物語である。これが谷から谷へと、大型の旅行用自動車を飛ばしていたあいだに、僕の頭の中で、鳴り響いていた話である。

　最初は衝動に駆られて、よほど総理大臣に手紙で知らせようかとも考えてみたが、思いなおしてみると、いかにも無益なことが自分でもわかった。いったいだれが僕の話を信じてくれるというのか？　そのためには証拠を見せなければならないが、何を証拠にしたらよいのかわからない。何よりもまず、自分の命を大事にして、機が熟した時には行動できるように備えておかねばならぬ。英国の警察が総出で僕を追跡するし、そのいっぽう「黒い石」の監視人どもが、ひそかに、かつ迅速に僕の跡をつけているのだから、これは容易ならぬ仕事となろう。

　僕はべつにはっきりした行先を定めて、車を走らせていたわけではない。しかし地図を見て、北へ進めば炭坑と工業町の一部に到着することがわかったから、太陽を手がかりに東へ向かった。ほどなく、車は荒地を抜け出して沖積低地を越えた。豪家の私園のへいにそって数マイル進むと、木立の切れ目から大きな城が見えた。わらぶき屋根の並ぶ小さな村を縫って、平和な低地の小川を渡り、さんざしと黄色い金ぐさりの花が咲きほこるお花畑を通過した。あまりにも平和な土地なので、背後のどこかに、僕の生命をねらうぶっそうな連中がおり、しかもむこう一ヵ月のうちに、僕が絶対的な幸運を手に入れないかぎり、こうした静かな田園の姿は一変して、英国の田園に、男たちの死体がころがることになる、とはとても本気に思えなかった。

正午ごろ、人家がだらだらと散在する村落にはいった。停車して食事をするつもりだった。途中まで行くと郵便局があって、その階段の上に、女の局長と巡査が、額をよせて電報を読んでいた。ふたりは僕を見るやぎくっとした。巡査が片手をあげて、進み出て、停車するように叫んだ。

僕は愚劣にも、すんでのところで、その命令に服しかけた。ところが、その電報は、僕に関するものだ、ということが頭にピンときた。宿屋ではちあわせした僕の友人たちがたがいに話をつけて、これまで以上に僕に会いたくて、力を合わせることにしたのだろう。そうだとすれば、僕の人相書きと自動車の説明を、僕の立ち回ると予想される三十ヵ村に、電信で通告するのは朝飯前である。僕はちょうどうまい時に、ブレーキを離した。その時、巡査が車のほろに手をかけたが、僕の左の一撃を目に受けてひっくり返ってしまった。

本道では姿をくらませそうもないので、わき道へ折れた。地図なしで進むのは容易ではなかった。というのは、うっかりすると農園の道にはいって、行き止まりがあひるの池だったり馬小屋だったりする危険があったからだ。そんな余裕は残されていない。車を盗んだことがいかに愚劣な手段であったか、わかりかけてきた。緑色の大型車は、スコットランド一帯で、僕をさがす絶好の目印になる。といって、車を捨てて足で歩けば、一、二時間以内に発見されて、こんどのレースで、敵の機先を制することができなくなる。

焦眉の急は、いちばん寂しい道へはいることだった。大きな川の支流に行き当たった時に、すぐに注文どおりの道が見つかった。それを行くと、周囲をけわしい丘陵でかこまれた谷へ出て、やがて、そのどんづまりから、螺旋状の道が峠を越えて登っていた。だれにも出会わなかったが、あまり北に行きすぎたので、東へ方向を変えて悪道路を進むと、とうとう大きな複線の鉄道にぶつかった。はるか下のほうには、広々とした谷がひらけている。僕はふと、あの谷を通過すれば、今夜泊まれる宿屋が見つかるかもしれないと考えた。夕やみがあたりに迫り、腹の虫はグウグウ鳴っている。パン屋の荷車から菓子パンを二つ買った以外には、朝から何も腹に入れていないからだ。

ちょうどその時、上空から爆音が響いてきた。なんと、十二マイルほどの南の空から、あのいまいましい飛行機が低空飛行をしながら、僕のほうへ急速に接近してくるではないか。

裸の荒地にいれば、飛行機の思いどおりになってしまうことに気づくだけの余裕があった。唯一のチャンスは、谷へもぐって樹葉の中に隠れることだ。丘をくだって、僕は稲妻のように疾走した。時々、おもいきって頭をめぐらして、いやらしい飛行機を注視しながらである。ほどなく、両側に生垣のある道路へ出た。その道は渓流に沿って、急激に谷間へと傾斜していた。それから

厚く茂った木立へ来たので、車のスピードをゆるめた。

　とつぜん、僕の左手から、別の自動車の音が聞こえてきた。そして、自分が二つの門柱にほとんど衝突せんばかりになっていることに気づいた時、僕は髪の毛が逆立ってしまった。門柱をさかいにして、私道が国道と合流しているのだ。警笛を気違いのように鳴らしたが、あまりにも遅すぎた。急ブレーキをかけたが、速力が速いのでできなかった。僕の行手を一台の自動車がさえぎった。次の瞬間、恐ろしい事故が起こることは必至だった。僕はわらをもつかむ気持で、右手の生垣の中へ車を突っ込んだ。そのむこうには何か柔らかなものがあるだろうと信じて。

　しかし、見込みちがいだった。車は生垣を、まるでバターのようにすべりぬけると、そのまま、いやというほど突っこんで行った。僕は事態を見てとるや、座席から車外へ飛びおりた。しかし、さんざしの枝に胸のあたりをひっかけられて宙づりのありさま。いっぽう一、二トンはあろうという高価な金属体は、僕の真下をすべって、もんどりうって転覆(てんぷく)し、そのますさまじい音を立てて、五十フィート下の渓流の底へ墜落して行った。

　さんざしの枝は徐々に僕を放してくれた。まず、生垣の上へからだをうつし、それから、そっといいらくさの上におりた。足をもがいて、立ち上がると、だれかの手が僕の腕をつかんだ。心配そうな、ひどくうろたえた声が、けがはなかったかときいた。防塵眼鏡(ゴーグル)をかけて革のアルスター外套(がいとう)を着た長身の青年が、目の前に立っていた。青年は、よかった、よかったと言って、平あやまりにあやまり続けた。僕自身としては、一たびわれに返ってみると、むしろ喜ばしいくらいだった。これで、やっかいな自動車とおさらばすることができたのだから。

「私が悪いのです」と僕は青年にむかって答えた。「自動車事故だけですんだのが、せめてもの幸いです。これでスコットランド自動車旅行もオジャンになりましたが、まかりまちがうと僕の命も終わっていたところです」

彼は時計を出して、時間を確かめてから、

「あなたはさばけたかたですね。僕は十五分ほど余裕があるし、拙宅は二分ほどのところですから、ご案内して、着換えや食事や休息のお世話をしましょう。ところであなたの荷物はどこです？　車といっしょに燃えているのですか？」

「荷物はポケットの中ですよ」僕は歯ブラシを出してふってみせた。「私は植民地から来た人間で身軽な旅行者なんです」

「植民地出身ですって。これはまた、君こそ僕がさがしていた人物だな。君はひょっとすると、自由貿易主義者じゃありませんか？」

「そうですが」いったいどういう意味の質問なのかということは全然考えもせずに僕は答えた。

彼は僕の肩をたたいて、急いで自分の車へ乗せた。三分後に、ふたりは松林の中の狩猟小屋に到着した。彼は僕を招じ入れた。まず寝室に案内して、半ダースもの服を、目の前にとり出してくれた。僕の服がずたずたになっていたからである。その中から僕は、今まで着ていた服とは全く対照的な、紺のサージを選び、麻のカラーを借用した。それから食堂に連れて行かれたが、テーブルの上には食物の残りがのっていた。五分ほど食事をする時間があると彼は宣告した。

からね」

「食物をポケットに入れてもいいですよ。いずれ帰ってから夕食をしますから、八時までに、メソニック・ホールへ行かなきゃならんのです。遅れると、僕の選挙幹事が頭から湯気を立てますからね」

僕はコーヒーを一杯飲んで、コールド・ハムをつめ込んだが、この間、彼は炉の前の敷物の上に立って、しゃべりつづけた。

「僕はじつは二進も三進も行かないところなんですよ、ミスター――。ああ、まだお名まえをうかがわなかったな。トゥイドスンですって？　トミー・トゥイドスン六代目のご親戚ですか？　ちがいますか？　ところで、僕はこの選挙区の自由党の立候補者なんです。今晩、ブラットルバーンで――選挙区内の主要な町ですが――演説会をもよおします。前植民大臣のクランプルトンが今晩、応援演説をしてくれることになっているので、僕は大々的にビラをまいて、全地域にわたって前景気をあおったのです。ところがきょうの午後になって、やっこさんから、ブラックプールでインフルエンザにかかってしまったという電報が届いたのです。そういうわけで、僕はひとりで、全予定を果たさなければならぬはめになったのです。僕は十分しゃべるはずのところが、こうなると四十分間、しゃべらなくてはなりません。それで、話の材料を、三時間かけて、あれこれと考えてみましたが、どうしても、それだけの間をつなげないのです。そこで、あなたに一はだぬいでもらいたい。自由貿易主義者として、あなたは選挙人たちに、植民地における保護貿易政策が、いかに愚劣なものであるかということを、一席ぶてるはずです。植民地のかたは、みなさん雄弁家ですからね、僕もそうだったらいいんですが。ご恩は一生忘れませんよ」

いずれにせよ、僕は自由貿易に関しては、一見識もっているわけではなかったが、これ以外には、おあつらえむきの好機はなさそうだった。この青年紳士は、自分の苦境に腐心するあまり、九死に一生を得て、千ギニーもする自動車を失った、見ず知らずの他人に、時のはずみとはいえ応援演説を依頼することが、いかに妙ちきりんなことかがわかっていない。しかし、このせっぱつまった時に、四の五の言ったり、頼みの綱になるものをえり好みしたりする余裕はない。

「承知しました。僕は弁士としては、たいしたことはできませんが、オーストラリアのことを話してみましょう」

僕の返事を聞くや、彼は長時間にわたる肩の重荷をおろすことができて、感謝感激、雨あられ、というありさまだった。彼は大きなドライヴィング・コートを貸してくれた――僕が外套なしでなぜ自動車旅行を始めたのか、という疑問など眼中になかったらしい――ふたりの乗った車が、ほこりっぽい道路をすべっているあいだに、彼は大ざっぱな身の上話をかってにしゃべりまくった。それによると、彼はみなしごで、叔父に育てられたということだった――その叔父なる人の名まえを僕は失念してしまったが、なんでも内閣の閣僚で、よく新聞紙上に演説がのっている人物だった。さて、彼はケンブリッジ大学を卒業後、世界を漫遊し、それから職もないままに、叔父にすすめられて、政界にはいった。どうも政党に関しては、彼は格別の好みがないようだった。「政党なんて、どれも同じようなものですよ」と彼は快活に言った。「いいやつもいるし、悪いやつもいますからね。僕は家が代々自由党だった関係上、自由党にはいっていています」政見については、彼は熱心ではなかったが、ほかのことになると、なかなか積極的な意見を抱いていた。僕にちょっぴり馬の知識があるとわかるや、彼はダービーについて、とうとうとまくしたてた。自分の射撃術の改良についても、豊富なプランを持っていた。とにかく、要するに、この人物は邪気のない、上品で育ちのいい青年というに尽きるだろう。

小さな町を通過するさいに、二名の巡査が停車の命図をして、明りをわれわれのほうに向けた。「失礼しました。ハリー卿」と巡査のひとりが言った。「じつはある自動車をさがすように命令されましたので。その型がこれと似ているように思いまして」

「ああ、そう」とハリー卿は答えたが、そのあいだじゅう、僕はひょんなことから、この保護者に救われたことを感謝した。そのあと、彼はすっかり黙り込んでしまった。これからやる演説のことを、一生懸命考え始めたのだ。くちびるをもじもじ動かし、目は落着きを失っている。僕は第二の破局のことを考え始めた。何か演説のネタになるようなことを、頭に浮かべようとしたが、頭の中は石のようにコチコチだった。ふと気がつくと、車は街路に面した建物の入口に到着して、僕らふたりは、バラの記章をつけた騒々しい紳士たちから歓迎のことばを浴びせられていた。

そのホールには、五百人くらいの聴衆がつめかけていた。大部分は女性だが、たくさんのはげ頭と二、三十人の青年の顔も見えた。赤鼻でいたちのような顔をした司会者が、前大臣クランプルトンの欠席を嘆き、インフルエンザのことをぶつぶついった後で、僕を「オーストラリア思想家の信頼すべき指導者」として折り紙をつけてくれた。入口にはふたりの警官ががんばっていたが、僕は彼らが、この司会者の保証の言葉をノートにとってくれますように、と祈った。さてそれから、ハリー卿の演説が始まった。

僕はこんな演説は、かつて聞いたことがなかった。彼はどう話し始めていいのやら、要領がわからぬらしい。草稿をしこたま持参して、棒読みしたが、ひとたび草稿を手放すと、長いあいだ、口ごもってしまう。そして、ときどき暗記している文句を思い出すと胸を張って、ヘンリー・アーヴィング（十九世紀英国のシェイクスピア役者）張りに絶叫し、次の瞬間には、背を丸めて草稿の上にかがみ込み、小声でつぶやくしまつだった。しかも、それがはしにも棒にもかからぬようなたわ言なのである。彼は「ドイツの脅威」について語り、それはいっさいがっさい、貧しき者からその権利をだまし取り、社会改良のとうとうたる風潮から目をそむけるために、保守党が捏造（ねつぞう）したものにすぎない、と言った。ところが「労働組合」はこのことを見抜いて、保守党を笑い者にしている。英国の誠実の証拠として海軍を縮少し、それとともにドイツにも同じように軍縮を要求し、それがいれられない場合には、英国はドイツを木ッ葉みじんにたたきつぶすであろうという最後通牒を送ることに、彼は全面的に賛意を表した。保守党さえなければ、ドイツと英国は、平和と改革の協力国となるにちがいない、とも述べた。僕は、ポケットにある黒い手帳を頭に浮かべた！　ドイツが平和と改革を尊重しているなどと断ずるとは、なんという軽率な男だろう。

しかし、そうではあっても、妙なことに、僕は彼の演説に好感を抱いた。彼が周囲から、かんで含めるように教え込まれたその愚劣な話の背後から、その人がらのよさがにじみ出ていた。それに、彼の演説は、僕の肩の重荷を取ってもくれたのだ。僕はどう考えても、雄弁家の部にははいらないが、それでもハリー卿よりは十倍もうまいだろう。

僕の順番が回ってきた。それほど悪いできではなかった。僕は聴衆に向かって、（その中にオーストラリア人のいないことを心に念じつつ）、オーストラリアに関して思い出せる限りのことを全部――労働党や移民や一般施設のことなどを語った。自由貿易について言及したかどうかあやふやだが、オーストラリアには、保守党はなく、労働党と自由党だけだと述べたところ、これは喝采を博した。さらに、もし国民が本当に努力するならば、大英帝国から光栄ある事業を生むことができるだろうと話しだした時には、聴衆をちょっぴり謹聴させもしたのである。

要するに、僕の演説は上出来の部にはいるだろう。だが、司会者は、それを好まなかったらしく、弁士に対する感謝決議を持ち出したさいに、彼は、ハリー卿の演説を〝政治家らしい〟と評し、僕のほうは〝移民代表者の雄弁〟と形容した。

ふたりがふたたび自動車に乗った時、ハリー卿は大仕事を終えて、ひどいはしゃぎようだった。

「すばらしい演説でしたね。トゥイドスン君。さあ、これからいっしょに家へ行きましょう。僕はひとり住まいだから、一、二日滞在してくだされば、くろうとはだしの魚釣りの腕前をご披露しますがね」

ふたりは暖かい夕食をとった――僕は貪るようにぱくついた――それから、薪が勢いよく燃えている大きな快適な居間で、グロッグ（水で割ったラム酒）を飲んだ。いよいよ自分のカードを卓上にさらけ出すころあいだと僕は考えた。この青年の目を見て、彼が頼むに足る人物であることがわかったのだ。

「ところで、ハリー卿、私は非常に重大なことをお話ししなければなりません。あなたを誠実なかたと見込んで、腹蔵なく打ち明けます。いったいあなたは、今晩お話しになった、あの有害無益なたわ言をどこから仕入れました？」

　彼は顔を曇らせた。

「そんなにいけなかったですか？」とがっかりして問い返した。「すこし浅薄に聞こえましたかね。私の選挙幹事が、ずっと送ってくれているパンフレットや、プログレッシヴ・マガジンが材料です。しかし、あなただって、まさかドイツが英国に対して宣戦するとは本気で考えてはいますまい？」

「その質問は六週間後になさることですな。論より証拠ということになるでしょう。三十分間、私の話に耳を傾けてくださるなら、ある話をお聞かせします」

　この時の光景は、今でも僕の脳裏にまざまざとよみがえってくる。しかの頭や、壁にかかった古い版画、暖炉の石の化粧ぶちの上に、不安げなようすで立っているハリー卿、そして、安楽椅子の背にもたれてしゃべっている僕自身の姿。僕は、自分が別人になって側に立ち、僕自身の声に耳を傾け、注意深く、自分の話の信憑性を判断しているような気がした。僕が、自分が理解したかぎりにおける物語の真相を他人に打ち明けたのは、これが初めてだったが、僕にとっては、はかり知れないほど有意義なことだった。というのは自分自身でも、頭の中で、物語を整理することができたからである。細かい点ももれなく話した。ハリー卿は、スカッダーや牛乳屋や黒い手帳や、ガロウェイにおける僕の行動について、すっかり教えられた。やがて卿は非常に興奮して、暖炉の前の敷物の上を行ったり来たりした。

「そういうわけで」と僕はしめくくった。「今、あなたの家には、ポートランド・プレース殺人事件の犯人として、警察が追及している男がいるわけです。車を警察に走らせて、私の身がらを引きわたすのが、あなたの義務でしょう。そうすれば私は長いことはありません。不測の事態が生じて、逮捕の一、二時間後には、僕の肋骨に短刀が突き刺さっていることでしょう。たとえそうなっても、善良な市民としては、僕を警察に告発するのがあなたの義務です。おそらく、一ヵ月以内に、あなたは後悔することになるでしょうが、しかし、そんなことを考慮する必要はありません」

彼は明るいしっかりした目つきで僕を見つめた。「ローデシア(南アフリカ)でのお仕事はなんだったのです、ハネーさん?」

「鉱山技師ですよ。私は正当な手段で財産をこしらえましたが、それも楽しみながらでした」

「神経を痛めるような仕事ではなかったのですか?」

僕は笑った。

「その点なら、神経はたしかなもんです」そう答えて、壁掛けから狩猟用のナイフをとり出し、空中にほうり投げて、くちびるで受けとめるという芸当をやって見せた。これは、かなり太い神経の持ち主でないとできないことなのだ。

彼は笑いを浮かべて、僕を見つめた。

「証拠なんかほしくありませんよ。僕は演壇に立つとあほうかもしれないが、これでも人を見分けることはできます。あなたは殺人犯人ではないし、ばか者でもない。だから僕は、あなたが真実を話しているのだと信じます。およぶかぎりのお手伝いをしましょう。どうすればいいですか？」

「まず第一に、あなたの叔父さんというかたへ、一筆書いてください。私は六月十五日前に、政府の要人と接触しなければならないのです」

　彼は口ひげをひねった。

「それはむだですね。これは外務省の仕事だし、叔父貴は全然それとは関係ありません。それに、やっこさんを説得することはまず不可能でしょう。それよりも、もっといい手がある。外務省の次官に一筆書きましょう。この人は僕の名づけ親だし、こんどのことにはうってつけの人物です。どう書けばよろしいですか？」

　彼はテーブルの前に腰をおろして、僕の口述を筆記した。その要点は、もしトゥイドスンという男が（僕はこの名前でとおしたほうがよいと考えた）六月十五日前に訪れたら、できるだけ話を聞いてやってほしい。トゥイドスンは身許証明（ボウナ・ファイディ）として、「黒い石」ということばを使い、「アニー・ローリー」を口笛で吹くはずである、うんぬん。

「上出来です」とハリー卿は言った。「要点はつくしてますね。ところで、私の名づけの親の名は――ウォルター・バリヴァント卿といいまして――聖霊降臨節にはいなかの屋敷へ帰っています。ケネット河沿いのアーティンスウェルの近くです。これでよし、と。さて、ほかに何か？」

「あなたは私と同じくらいのからだつきです。そこで一番着くずれのした、ツイード服を貸してください。きょうの午後、台なしにしてしまった服と正反対の色合いでしたら、何でも結構です。それから、この界隈（かいわい）の地図を見せて、地形を説明していただきたい。最後に、もし警察が僕を捜索に来たら、谷に墜落した車を見せてやってください。別な人間が来たら、あなたの演説会のあとで、南部行きの急行に乗って行ったと教えていただきたいのです」

彼は、これらすべての願いを即座にきいてくれたし、また、そうしようと約束してくれた。僕は口ひげの残りをそり落して、ミックス・ツイードとでもいうらしい古風な服を身につけた。地図を見たので、自分が今いる場所の見当がついたし、そのうえ、知りたいと思っていた二つのこと、つまり鉄道の幹線にはどこで接触できるか、この近くでもっとも未開な土地はどこか、という二点を確認することができた。

明け方の二時に、居間の安楽椅子でうたたねしていた僕は、ハリー卿に起こされ、寝ぼけ眼をこすりながら、暗い星空の戸外へ引っぱり出された。物置小屋には古ぼけた自転車があり、彼は、それを僕に手渡した。

「もみの林に沿って、まず右へ曲がりなさい」と彼は指示した。「そうすれば明けがたには丘陵地帯に出ます。それから沼の中に自転車を叩き込んで、荒地を徒歩で行くんですな。そうすれば一週間というもの、あなたは羊飼いの中にまじって、ニューギニアにいるも同然、安全ですよ」

僕は暁の空がしらじらと明けるまで、丘陵のけわしい砂利道を、ひたすらペダルをふみ続けた。陽がのぼって霧がはれると、四方を谷で囲まれた緑の盆地の中にいることがわかった。はるかかなたには、青い地平線がのぞいていた。とにもかくにも、これから敵がどうでてくるか、お手なみ拝見というわけである。

V　眼鏡をかけた道路工夫の冒険

僕は峠の頂上に腰をおろして、自分の位置を確かめた。

背後には、丘陵の長い割れ目を通って道が上がってきている。この丘陵は、有名な河の上流の谷間を形成している。正面には一マイルほどの沼の穴や茂みなどで、でこぼこになった平野がひらけていた。そのむこうには、道路が急激にわかれ、谷間に落ちこんでいて、平原が遠く青くかすんでいた。左右にはパンケーキのような、なだらかな緑の丘が連なっていた。しかし、南方――つまり左手のほうを見ると――ヒースの茂る高山が目にとまった。それは、地図を見て、僕の隠れ場所に選んでおいた丘陵地帯である。僕は広大な高地の中心点にいるわけで、数マイルにわたって動くものはことごとく見とおすことができた。半マイルほど先の道路の下手にある牧場には、煙を出している小屋があったが、それが人の気配を示す唯一のものだった。そのほかには、千鳥の鳴き声と小川のせせらぎの音が聞こえるだけである。

七時近くだった。一息入れていると、ふたたび、あのいやらしい爆音が空から響いてきた。僕はこの有利な地点が、事実上、わなに等しいことに気がついて愕然（がくぜん）とした。このむき出しの緑地帯には、小鳥一羽といえどもかくれる場所がない。

爆音はしだいに大きくなってきた。僕はからだを固くして、絶望的な気持にとらわれた。やがて東のほうから飛来する飛行機が目にはいった。それは高空を飛んでいたが、見るみるうちに数百フィートも高度をさげて、獲物をねらうたかのように、丘の真上を、しだいに輪を小さく描きながら旋回し始めた。そして、急速度に高度をさげた。機上の偵察員は、僕の姿を発見した。ふたりの搭乗員のひとりが、双眼鏡で僕を偵察しているさまが見えた。

　とつぜん、飛行機は旋回しながら上昇した。そして東へむかってまた飛び去り、青い朝空の中に黒点となって消えて行った。

　僕は腹の底から怒りがこみあげてきた。敵が僕の所在をつきとめたからには、この次には周囲に非常線をめぐらすことだろう。やつらがどのていど、動員可能な人員を持っているのかは知らないが、それでも、充分なだけあることはまちがいあるまい。偵察機は自転車を目撃したから、僕が、街道づたいに逃げるものと結論するだろう。その場合には、右手または左手の荒地へ逃げ込むチャンスがあるわけだ。僕は自転車を街道づたいに百ヤードほど押して行って、泥炭の穴の中へ投げ込んだ。自転車は、藻と水草の中に沈んでいった。それから、二つの谷間が見わたせる小山へはいあがった。谷の間を縫っている白い一筋の長い道には、何も動くものはない。

　前にも述べたとおり、あたり一帯には、ねずみ一匹といえども身をひそめる場所がない。日がのぼるにつれて、柔らかな新鮮な日ざしがあふれて、南アフリカの草原のような、香ばしい日だまりになった。こんな時でなかったら、すばらしい風景だと思ったかもしれないが、時が時だけに、息がつまるような思いだった。ひろびろとした荒地は牢獄の壁で、すがすがしい山の空気も、土牢の空気同然だった。

表が出たら右、裏が出たら左と決めて硬貨を投げた。裏が出たので、僕は北をめざして歩き出した。歩むまもなく、峠を囲繞する山の背の上端に達した。十マイルほど先の街道が見えた。そのはるか前方には、何か動くものがあった。僕は自動車だなと見てとった。山の背のかなたには、起伏の多い緑の荒野があって、樹木の茂る谷間へと傾斜していた。南アフリカの草原で生活していたおかげで、僕の目はとびのようにするどい。だから、ふつうの人間なら望遠鏡を必要とするようなものでも肉眼で見ることができる……。傾斜面のずっと下の、二マイルほど先に、数人の男が、狩の勢子のように並んで進んでくるのが見えたのだ。

僕は頂上から降りて水平線の背後に姿を隠した。その道はふさがれてしまったから、街道の南手にある、さらに大きな丘陵をのぼらなければならない。先刻、認めた自動車は、しだいに近づいてきたが、まだかなりの距離のけわしい坂道が、その前途に横たわっている。僕はくぼ地へはいった時のほかは、身をかがめるようにして、懸命に走った。走りながらも、目の前の丘の上端に終始目を向けていた。錯覚だろうか——ひとり、ふたり、いやおそらくそれ以上の人間が、小川のむこうの谷間に動いているようだ。

もしある地点にいて、四方から敵に包囲された場合には、逃げる手段は一つしかない。それはその地点に止まって、敵をやりすごし、発見されないようにすることだという。たしかに名案には違いないが、しかし、こんな遮蔽物一つない場所では、いったいどうすればよいというのか？泥の中に首まで埋まったり、水の中に隠れたり、いちばん高い木に登ったりする手はある。しかし、あたりには木一本ないし、廃坑には水がすこしあるだけで、小川の水は申しわけていど。ただ、短いヒースと、むき出しの山腹と、白い街道があるだけなのだ。

やがて、道の小さな屈曲点に来ると、石を積みあげたかたわらに道路工夫がいるのを発見した。男はそこに到着したばかりで、ものうそうにハンマーを投げ出していた。にぶい目で僕を見つめると、男はあくびをした。

「牧夫をやめてからは、いんまいいましいことばかりだな！」まるで世間にあてつけるように、彼は大声を出した。「昔は、ひとりで好きかってにやってたのによ。ところが今じゃおかみの奴隷みてえなもんだ。道ばたにつながれて、それだけでもこてえるのに、まるで餓鬼みていにこきつかわれるしまつだ」

彼はハンマーをとりあげて、石を打ったが、ぶつぶつ言いながら、それをほうり出し、両手を耳にあてがった。「たまらねえな。頭が割れそうだ！」

僕と同じくらいのからだつきで、猫背の山男だった。あごには一週間ぐらいの不精ひげをはやし、大型の角製の眼鏡をかけている。

「やめるわけにもいかねえ」彼はまた声を出した。「検査官がおらを報告するでな。おら、ベッドにはいりてえのによ」

僕は、一見してその理由がわかっていたが、それでも、いったいなんで困っているのかときいてみた。

「おら、お神酒（みき）がはいってるので、困ってるのですわ。ゆんべ、メラン医師（せんせい）が嫁さもらったので、牛小屋で四時までみんな踊ったですよ。おらと何人かの連中とで腰さおろして飲んだよ。そんでこのざまですわい。わしは酒となると目がないのでね！」

僕は彼が寝たいということに同感の意を表わした。

「口で言うのはやさしいけんど」と彼はうめいた。「新しい道路監督が、きょう見回りにくるっちゅう葉書がきのう、舞い込んだです。どのみち、おらがいなかったり、いたとしても飲んだくれていりゃ、お払い箱になっちまうだ。ベッドさもぐり込んで、からだのぐあいが悪いと仮病を使ったところで、たたいたって死なねえからだだっちゅうことを知ってるだから、なんの役にもたたねえです」

その時、ふと僕の頭に名案が浮かんだ。

「新しい監督は君を知ってるの？」

「いんや。仕事さついて、まだ一週間になんねえからね。ちっこい自動車さ、乗り回しているだ」

「君の家はどこです？」と僕がきくと、男はふるえる指先で、小川のほとりの小屋をさした。

「それならベッドへはいって、ゆっくり休みたまえ。僕がそのあいだ、君の仕事をかわって、監督に会ってやるよ」

彼はあっけにとられたような顔で、僕をまじまじと見つめた。やがてもうろうとした頭に、ことばの意味が浸透するや、ばかみたいに破顔一笑した。

「あんた話せるね。おらの仕事なんざ、やさしいもんだよ。そこの石はかたづけちまったから、昼前には、何もすることはねえだ、たんだ、あしこの石切場から、手押車さじゃりつんで、この道路に運んでくれれば、朝のうちの仕事になるだ。おら、アレグザンダー・タンブルちゅうもんで、この仕事について七年になるだ。その前は二十年と言うもの、リーセン・ウォーターで牧夫をしてただ。仲間はおらをエッキイとか、たまにゃ、めがね(スペッキー)とも呼ぶだ。おらが視力が弱くて、眼鏡をかけてるせいだよ、監督が来たら、だんなと呼んでたてまつっておけば、ごきげんさ。おら、昼にはもどってくるだ」

僕は彼の眼鏡ときたならしい古帽子を借りて、上着とチョッキとカラーをぬぎ、家へ持って行くように彼に頼んだ。同じく、番外の小道具として、吸いかけの陶製パイプも借用した。彼は簡単な仕事の手順を教えると、それ以上は何も言わずに、よたよたした足どりで寝に行った。寝ることが彼の主なる関心事であったろうが、びんの底に残っている酒も、お目当てのうちだろうと僕はにらんだ。やっこさんが、家の中に姿を消すまで、わが親愛なる「黒い石」の連中が現われませんようにと、僕は祈った。

それから僕は自分の役割のために、苦心惨澹して着つけにかかった。シャツのえりをあけて――農夫が着るような、ありふれた青と白のチェックだった――行商のいかけ屋のように、茶褐色のえり首をむき出しにした。シャツのそでをまくりあげて、古傷がついて、日やけした、鍛冶屋のように、りゅうりゅうとした腕をあらわにした。道路のほこりでまっ白になった靴とズボンのすそをはらい、ズボンはまくり上げて、ひざの下でひもでくくった。それから顔のメーキャップにかかった。手にいっぱいほこりをつけて、首すじに汗の跡をつけ、同じくかなりの泥を日やけした顔にすり込んだ。道路工夫の目は、多少充血しているはずだから、両の目にごみを入れて、乱暴にこすり、ただれ目の効果を出した。

ハリー卿からもらったサンドウィッチは、上着のポケットに入れたままだったが、赤いハンカチで包んだ道路工夫の弁当が手もとにあった。僕は舌つづみを打って、数枚の厚い菓子パンとチーズと冷たいお茶をすこしちょうだいした。ハンカチの中には、タンブル様とあて名された、ひもでくくった地方新聞の束があった――明らかに日中、暇な時に、読むつもりなのだろう。僕はハンカチをまた包み、人目につくように、そのわきに新聞の包みを投げ出した。

靴が気になったが、石の間にむりやりにこすりつけて、道路工夫特有のはきものらしく、表面をざくざくに仕上げた。それから指の爪をかんで、ひび割れをつくり、ギザギザになるまで石にこすりつけた。僕がむこうに回す連中は、どんな細かい点でも見逃すはずがないからだ。それから靴のひもを一本ひきちぎって、ぶきっちょに結び直し、ほかのひもはゆるめて、厚ぼったいグレイの靴下が靴のへりにだぶつくようにした。いまだに道路にはなんの気配もなかった。半時間前に目撃した自動車は、引き返したにちがいない。

変装が仕あがったので、僕は手押車を押して、百ヤード離れた石切場を行ったり来たりした。

その昔、ローデシアで会った老スパイのことを僕は思い出した。その男は、生涯にかずかずの異常な体験をしてきた人物だったが、変装というものは、その役割に没入することだ、と話してくれたことがある。自分自身が、その人物になりきったつもりにならないかぎり、化けおおせることはできないものだ、ということだった。そこで、僕はほかの考えはすっかり頭から追っぱらって、道路工事のことだけ考えることにした。あの小さな白い小屋を自分のすみかと考え、リーセン・ウォーターで牧夫として暮らしていたころのことを、頭に思い浮かべた。箱ベッドにやすむことや、安ウィスキーのびんのことをじっと自分の胸に刻み込んだ。だが、いぜんとして長い白い道にはだれも現われない。

時おり、ヒースの茂みから迷い出た羊が、僕のことを、しげしげと見つめた。青さぎが羽音をたてて、小川の淵にまいおりて、魚をとり始めたが、僕のほうには道ばたの石ころ同然、目もくれなかった。僕は職業的な重い足どりで、石をつんだ手押車を押す仕事を続けた。やがて体じゅうがポカポカしてきて、顔のほこりが、ざらざらした砂に変わってしまった。僕は早くも、タンブル氏の単調な仕事の終わる時間を心待ちに数えるしまつだった。

とつぜん、道路のほうから、歯ぎれのいい声が聞こえた。目をあげると、丸顔の山高帽をかぶった青年が、小型の二人乗りのフォードに乗っていた。

「君がアレグザンダー・タンブルだね?」と彼はきいた。「私は新任の道路監督官だ。君のすまいはブラックホープフートで、受持区域はレイドロービールからリッグスまでだね? よろしい! なかなかきれいな道だし、工事も悪くない。一マイルほど先に、道の柔らかいところがあるから、そのはしをきれいにしておくようにね。じゃ頼むよ、この次からは、僕が誰だかわかるだろうね」

僕の変装は、気がかりだった監督官の目をすっかりくらましたのだ。そのまま仕事を続けた。

正午近くになったころ、ちょっとした買物をして、気をとり直した。パン屋の車が丘をのぼって来て、しょうが入りのビスケットを一袋、僕に売ってくれたので、いざという時にそなえて、ズボンのポケットへ押し込んだ。そのあとで羊をつれた牧夫が通りすがりに、大声をあげて、僕をぎくっとさせた。

「めがね（スペッキー）はどうしたね？」

「腹のあんべえが悪くて寝てるだよ」と僕は答えた。牧夫はそのまま過ぎて行った……。

ちょうど正午ごろに、大型自動車が、音もなく丘を登って来て、百ヤードほど行きすぎてから停車した。乗っていた三人の男が、一休みするようなふりで車からおりて、僕のほうへぶらついて来た。

その中のふたりは、前にガロウェイの宿屋の窓から見かけたやつらだった——ひとりはやせて鋭い顔つきの浅黒い男、もうひとりはくつろいでにたにた笑っているやつ。三人目は一見、田舎者ふうの男だが、おそらく獣医か、小農であろう。仕立ての悪いニッカー・ボッカーをはいていたが、その目は牝鶏のようにぱっちりして、すきがない。

「こんにちは」と三番目が言った。「ずいぶん楽しそうな仕事だね」

彼らが近づいてくるあいだ、僕は顔をあげなかったが、声をかけられたので、道路工夫の仕草をまねて、のろのろとつらそうに背中を伸ばした。それから、スコットランドの下層階級のまねをして、乱暴につばを吐き、答える前に、彼らをじっと見つめた。何ごとも見落さない六つの目とぶつかった。

「いい仕事もあればよ、わりい仕事もあるちゅうことよ」と僕は気取って言った。「クッションの上に一日じゅう腰かけていられる、あんたがたの仕事のほうがうらやましいね。おらの道を悪くしちまうのは、あんたらの自動車だねえか！　みんなが金持だったら、自分がいためた道路は自分で直しゃいいんだ」

タンブルの弁当のそばにある新聞の束を、明るい目の男が見つめていた。

「なかなか手回しよく新聞がくるらしいね」

僕は何げなくそれに目をくれた。

「手回しいいどこの話じゃねえさ。その新聞はこの前の土曜日、つまり六日あとで読むんだよ」

彼は新聞をとり上げて、日付を一瞥（いちべつ）すると、また下に置いた。僕の靴を見ていたべつの男が、ドイツ語で話し手の注意を喚起した。

「趣味のいい靴をはいてるね。いなかの靴屋じゃ、とてもこんな靴はできまい」

「あたりきだよ」僕はすばやく言った。「ロンドン製だよ。去年、狩猟に来ただんなからもらい受けただ。ところで、あのだんなの名は……」僕はど忘れしたふりをして頭をかいた。

再度、抜け目のない男が、ドイツ語で話した。

「さあ、行こう。この男は白だぜ」

彼らは最後の質問をした。

「けさがた早くこの辺を通った男を見かけなかったかね？　自転車に乗っていたかもしれんし、徒歩だったかもしれんが」

僕はすんでのところでわなに落ちて、早朝の薄明りのなかを、自転車に乗った男が大急ぎで通って行ったと、まことしやかに一席ぶつところだった。しかし、とっさにこの危険に気づいた。僕はしかつめらしく考え込むふりをした。

「おら、けさは、そんなに早く起きなかったよ。村の医者がゆんべ嫁さ、もらったので、おそくまで、その席に出ていたのよ。七時ごろに家のドアを開けたけんど、道路には誰も見えなかっただ。ここへ来てからは、あんたがたを別にすればパン屋と羊飼いが通っただけだね」

連中の一人がタバコをくれたので、うさんくさげににおいをかいで弁当包みに押し込んだ。一行は車に乗りこんで、三分後には姿を消した。

重大な危機を脱した安心感から、僕はこおどりして喜んだが、そのまま石を運ぶ作業を続けた。それは賢明な処置だった。というのは、十分ほどすると、例の自動車がふたたびもどって来て、乗り手のひとりが、僕に手をふって見せたからである。じっさい、油断もすきもないだんながただ。

僕はタンブルのパンとチーズを平らげて、それからほどなく、石運びの作業を完了した。次にどういう手をうつべきか、僕は迷った。この道路作業をいつまでも続けるわけにはいかない。好運に恵まれたので、タンブルが小屋から出てこなかったが、もし最前の場面に彼が姿を現わしたら、面倒なことになったろう。

僕の推測では、警戒網がまだ谷間にきびしくしかれているだろうから、どっちの方角へ歩いて行っても、その網に引っかかるにちがいない。しかし、そうは言っても、出発しなければならぬ。

いかなる人間でも、二十四時間、監視されていることに耐えられるものではない。

五時ごろまで、僕は持ち場についていた。そのころになると、日が暮れるから、タンブルの小屋へ行って、暗やみにまぎれて丘を脱出しようと、肚（はら）を決めていた。しかし、とつぜん、新しい自動車が路上から現われて、僕から一、二ヤード前方で停車した。どうやら風向きが変わったらしい。車の主がタバコの火をかしてもらいたいと声をかけた。

旅行用自動車で、後部の座席には、いろいろなカバンがいっぱい積んであった。男がひとりすわっていたが、驚いたことには、顔みしりの人間だった。マーマデューク・ジョプリーという、人間のくずみたいな男なのだ。おしゃれな株式仲買人で、金持の若い貴族や、まぬけな老貴婦人におべっかをつかって商売をしている。マミーという愛称で、舞踏会やポロ競技会や、別荘の宴会などでは有名な男だった。巧妙なゴシップ・メーカーで、肩書きや金のある人間にとりいるためなら、四つんばいになって一マイルでも歩こうという人間である。僕はロンドンに着いた時、彼の会社に、商用の紹介を受けて訪れたことがあるが、そのさいに、彼は自分のクラブの晩餐に招待してくれた。彼は、さんざっぱら、自分をひけらかして、知り合いの、侯爵夫人のことを、僕がそのキザさかげんに気分が悪くなるほどぺちゃぺちゃとしゃべりまくった。後刻、僕はある人間に、なぜあんなキザな野郎を社交界にのさばらせているのかとたずねたところが、英国人は、男のくさったようなやつは、女とみなして尊敬することにしてるのだ、という返事をもらったことがある。

いずれにしても、彼は僕の眼前にいる。しゃれた身なりをして、新しい自動車に乗り込んでいるところを見ると、どうやら、ごりっぱなお友だちを訪問する途中とみえる。ふいに僕は気違いじみた考えにとりつかれた。次の瞬間、僕は、後部の座席におどり込んで、彼の肩をつかんだ。

「よう。ジョプリーじゃないか」と僕は大声をあげた。「まさに奇遇だな!」

彼は恐怖でふるえあがり、ポカンと口をあけて僕を見つめた。

「いったい君はだれだ?」とあえいだ。

「僕はハネーさ。ローデシアから来たね。覚えているだろう」

「ひえ! 人殺し……」

「そのとおりだ。もし君が僕の言うことを聞かなければ、第二の殺人がおこるぜ。君のコートをよこしな。帽子もだよ」

彼は恐怖に目がくらんで、唯々諾々(いいだくだく)と命令にしたがった。僕はよごれたズボンとやぼったいシャツの上から、彼のしゃれたコートをはおった。コートは胸の上のほうでボタン止めになっているので、カラーをつけていないのを隠すことができた。彼の帽子を自分の頭にのせて、さらに変装用に手袋も借用した。ほこりまみれの道路工夫は、またたく間に、スコットランドきっての身ぎれいな自動車旅行者に早変わりした。ジョプリー氏の頭に、タンブルのなんとも異様な帽子をかぶせて、そのままでいるようにと命じた。

それから僕は、多少骨をおって車をターンさせた。彼がいま来た道を引き返すのが、僕のねらいだ。この車なら、「黒い石」の監視人たちは、前に目撃しているから、おそらく気にとめないだろう。しかしマミーのからだつきは僕とは全然似ていない。

「さて君。いい子だから、そこにすわっておとなしくしているんだぜ、僕は君に危害を加えるつもりはないのだ。しかし、ふざけたまねをしたり、とくに口をきいたりしたら、おどかしじゃなく君の首ねっこをへしおるぜ。わかったかね？」

夕暮のドライヴは楽しかった。ふたりを乗せた車は八マイルほど谷のほうにおりて、村落を一つ二つ通過した。道ばたにはうさんくさい男が数人、うろついているのが、いやでも目にはいった。彼らは、見張りの連中で、もし僕がべつな服を着ていたり、連れがべつの人間だったら、うるさいことになったろう。しかし、計略が図にあたって、連中はせんさくするような目を向けなかった。ひとりの男などは、帽子に手を当ててあいさつしたから、僕は丁重に答えてやった。

夕やみが迫るとともに、地図から思い出した例の谷へ進んだ。それは人気のない丘のはしに続いている。ほどなく、村落も、畑も、そして路傍の小屋も背後に消えてしまった。やがて、車は荒涼とした荒地に到着した。夜のとばりが、泥炭の穴に映える日没の輝きを暗くしていた。そこで停車して、僕はわざわざ車をターンさせ、ジョプリー氏に、自動車をお返し申しあげた。

「お礼の申しようもないね。君は、僕の予想以上に使える男だということがわかったよ。とっとと失せて、警察でもさがすんだな」

僕は走り去って行く後尾灯を眺めながら、丘の山腹に腰をおろし、今までに僕が犯してきたさまざまの犯罪をとっくりと思案した。世上信じられているのとは大違いで、僕は殺人犯ではない。しかし、僕は大うそつきで恥しらずのぺてん師で、好んで高級車を襲う追いはぎになってしまったわけである。

Ⅵ　禿頭の考古学者の冒険

ヒースが深々と茂る丸石のかげの丘の棚(たな)で、僕はその夜を過ごした。上着もチョッキもないので、かなり冷え込んだ。そうしたものはタンブル氏に預けてしまったし、スカッダーの黒い手帳や時計や――何よりもまずかったのは――パイプとタバコ入れもお預けのままだった。わずかに、ベルトに入れておいた金と、半ポンドほどのしょうが入りビスケットがあるだけだった。

僕は半分ばかりビスケットを詰め込んでから、ヒースの中にすっぽりからだをもぐり込ませて、いくらか暖をとった。勇気が身内にみなぎってきた。僕はこの気違いじみたかくれん坊遊びを楽しみ始めた。今までのところは、奇跡的な幸運に恵まれてきた。牛乳屋といい、宿屋の文学青年といい、ハリー卿、道路工夫、あほうのマミーといい、全員が分不相応の幸運をもたらしてくれた。とにかく、当面の成功によって、僕は最後までやりぬこうという自信を得た。

いちばんつらかったのは死ぬほど空腹なことだった。ロンドンでユダヤ人がピストル自殺をして、検屍裁判(インクエスト)がおこなわれると、新聞はよく、故人は〝栄養充分〟であったと報道する。しかし、もし僕が泥炭の穴の中で首の骨を折ったら、新聞は〝栄養充分〟とは書くまいと、その時考えた。僕は横になって七転八倒した。――ビスケットは痛いほどの空腹感を増しただけだった――ロンドンにいたころには、それほどにも思わなかったうまい食物のことが、全部、頭に浮かんできた。召使のパドックがつくるカリカリしたソーセージと香ばしいベーコン削り、それに形のいい半熟卵——僕はしばしばそうした料理から鼻をそむけたものだった！　クラブで出されたカツレツや、冷肉料理の卓上に出ている特製のハム、そうしたものを、僕は全身全霊で渇望した。あらゆる種類の食料品を順々に頭に浮かべてみたあげく、僕はついに最上のビーフステーキにビール一杯、そのあとで、チーズを溶かしたトーストという献立に落ちついた。こうした口のとろけるような料理をむなしく切望しながら、僕は眠りこんでしまった。

　日の出から一時間ほどたって目を覚ましたが、からだじゅうが冷えて、こわばっていた。自分がいるところを思い出すまでにすこし時間がかかった。疲労困憊（ひろうこんぱい）して、ぐっすり眠ってしまったせいだった。最初、ヒースの茂みをすかしてうす青い空が見え、次に丘の大きな肩が、それから、ビルベリーの茂みの中に、きちんと並んでいる自分の靴が目に入った。両ひじをついて起きあがり、谷間のほうを見おろした。一目見るや、僕はあわてふためいて靴のひもを締めた。

　四分の一マイルとは離れていない下の丘の中腹に、男たちが扇形に散開して、ヒースの茂みを狩りまわっているのだ。マミーのやつ、手まわしよく、復讐（ふくしゅう）を始めたとみえる。

　岩棚から丸石のかげへはい出して、そこから山の面へ向かって傾斜している浅いみぞへたどりついた。そこを進んで行くと、すぐに小川の狭い渓谷で、それをよじ登ると山の背の頂上に出た。そこから背後をふりかえると、自分がまだ発見されていないことがわかった。追跡者たちは、小山の中腹を執拗に右往左往しながら、しだいに登ってくるところだった。

地平線を背にして、半マイルほども走ったろうか、やがて、峡谷の最上端と思われるところに達した。そこで僕は自分の姿を見せびらかした。ただちに追っ手のひとりが気がついて、他の者に合図した。下のほうから喚声があがるのが聞こえ、探索の輪が、その方向を転換するのが目に見えた。僕は地平線のかなたに退却すると見せかけて、じつは今きた道をとって返し、二十分後には、自分が昨夜寝た場所を見おろす山の背のうしろに到着した。その展望のきく場所から、僕は、谷の頂上にある丘のうえに、捜査隊がまんまと計略にひっかかって殺到して行くさまを眺めて大いに溜飲(りゅういん)をさげた。

眼前には何本も道があった。僕は自分が今いる尾根に対して斜めに走っている山の背を選んだ。その道を行けば、まもなく、深い谷が、僕と追っ手との間を隔ててしまうはずだ。運動したおかげで、からだじゅうがポカポカしてきた。われながらあきれるほど、楽しい気分になってきた。歩きながら、ほこりだらけのビスケットの残りで朝食をすませた。

この辺の地理には暗かったので、次にどうすればよいのかというはっきりした考えはなかった。脚力には自信があったが、背後の追っ手が地形に精通しているとなると、僕の無知は、かなりのハンディキャップになるという懸念があった。正面には丘また丘が続いて、南のほうは非常に高く、北のほうは、しだいに低く、広大な山の背が浅く広い谷間にいくつもわかれている。僕の選んだ山の背は、一、二マイルほど行くと、高地の中に、まるでポケットのように横たわっている荒地へと沈んでいるようだった。それはほかの方角をとるよりも好つごうだった。

作戦が図にあたって、僕は約二十分という差をつけて、敵を出し抜いてしまった。追っ手の先頭を目撃する前に、すでに僕は谷一つぶんの間隔を引き離していた。警察ではてっきり土地者を応援に狩り集めたらしく、追ってくるのは、見たところ羊飼いか猟場番人のような風体の連中だった。僕の姿を認めて、彼らは、おーい、と声をかけた。僕は手をふってみせた。ふたりの男が谷へおりて、僕のいる山の背にむかって登り始めたが、ほかの連中は、そのまま自分たちのいる丘から動かなかった。僕はまるで、鬼ごっこをしている小学生のような錯覚を起こした。

しかし、すぐに、そんなのんきなことは言っていられなくなった。あとから迫るのは、山育ちの屈強な男たちである。背後を見ると、まっすぐ僕のあとを追っているのは三人だけ。するとほかの連中は、僕の退路を遮断するために、迂回したとみえる。土地カンの欠除は、僕にとって命取りになる可能性が充分あった。そこで僕は、この谷また谷の錯綜した地帯を抜けて、最前、頂上から見かけた荒地のポケット地帯へ脱出する決心をした。追っ手から逃げるためには、間隔をずっと引き離す必要がある。もし、そのための地どりを発見できれば、うまくやれるぞ、と、僕は確信した。身を隠すものがあれば、多少、速度をおとして歩くこともできたが、なにしろ、一マイル先のはえでも見えようという裸の傾斜面。頼みの綱は、足の長さと心臓の強さだったが、それにしても、僕は山男ではないから、この地形では骨が折れた。アフリカ産の小馬がいたらな、と僕は痛切に感じた。

全速力で山の背を駆けおりて、背後の地平線に敵影が現われる前に、荒地の中に突入した。小山を越えてから、二つの谷の峠になっている街道へ出た。正面にあるのはぼうぼうたるヒースの原野で、それが、奇妙な羽根飾りめいた樹木の冠を頂いている山の峰に向かって上昇していた。

道のかたわらの土手の向こうに道があり、そこから雑草の茂る通路が、荒地の最初の起伏のところまで続いていた。

土手をとび越えて、その道を五、六百ヤードたどって行くと――街道から見えなくなったあたりで――雑草がなくなり、一見して絶えず手入をされていることがわかる、りっぱな道路に出た。明らかに邸宅に通じている道だった。僕はまた、今までと同じ手を使うことを考え始めた。これまでのところは、幸運が助けてくれたが、ひょっとすると、この人里はなれた家の中で、これまで以上の絶好の機会が見いだせるかもしれない。いずれにせよ、そこには樹木があるから、身を隠せるわけだ。

僕は道路を通らずに、その右手に沿って流れる小川のふちを歩んだ。わらびが一面に茂り、高い堤が、かっこうのつい立てになってくれた。そうしたのは賢明だった。というのは、僕が川っぷちにおりて、ふりかえるやいなや、追っ手が、僕がつい先刻降りて来た山の背に到着したのが、見えたからだ。

それからは、もううしろをふり返らなかった。時間がない。川っぷちを走り、むきだしの地面に出た時は背をかがめ、大部分の行程は、川の浅瀬を歩いた。やがて泥炭の堆積（たいせき）の跡が並んで、雑草の茂るにまかせた、庭のある廃屋が見えた。それから、青い牧草の中を進むと、まもなく、吹きっさらしのもみの植込みのはしに到着した。そこから見ると、二、三百ヤード左手に、家が煙を出していた。僕は川っぷちをすてて、べつの土手を越えた。するといつのまにか、荒い芝生の上に出ていた。ふり返って見ると、追っ手の視界の外にいることがわかった。連中はまだ荒地の中の最初の高台を越えていない。

芝生は非常にふぞろいだった。芝刈器のかわりに大かまで刈ってあるらしくて、しゃくなげの花壇がついていた。ふつうは庭では飼わない一つがいの黒雷鳥が、僕の足音に驚いて飛び立った。正面の家は、荒地によくある農家造りで、すこし気どった白ペンキぬりの一翼が建て増してあった。この翼には、ガラス張りのベランダがついていて、そのガラス越しに、年配の紳士が、おだやかに僕を見つめている顔が見えた。

大粒のじゃりのへりを、ゆっくり踏んで、僕はあけ放ったベランダのドアをはいって行った。内部は気持のいい部屋で、片側はガラス張り、べつな片側には書物がいっぱいつまっていた。その奥の部屋にも、もっと書物があるのが見えた。床の上にはテーブル類のかわりに、博物館で見かけるような陳列ケースがあり、貨幣や奇妙な石器などが、ぎっしりはいっていた。

中央には両袖机（りょうそでづくえ）があって、書類や開いた書物を前にして、柔和な老紳士が腰をおろしていた。その顔はピックウィック氏（ディケンズの小説中の人物）のように丸くつやつやして、大きな眼鏡を鼻の先にのせていた。頭はガラスびんよろしく、てかてかにはげている。僕がはいって行っても彼は身動きもせずに、穏やかなまゆをあげて、僕が口をきるのを待っていた。

五分という限られた時間のうちに、あかの他人にむかって、自分が何者であるか、何を欲しているのか、を説明して、しかも相手の賛同を得るというのは、なまやさしいことではない。僕はそんなことは試みなかった。目の前にいる老人の目には、何かが、何か非常に鋭い見とおすような光があったので、僕にはことばが見つからなかったのだ。ただ彼を見つめて、口ごもるばかりだった。

「ひどくあわてていなさるね」と老人はゆっくり口を開いた。

僕は窓のほうへうなずいてみせた。窓からは植え込みの間隙をとおして、荒地を見わたすことができた。半マイルほど先に数人の人影がヒースの茂みを縫って、散在している。

「なるほど」と老人は言った。双眼鏡をとりあげ、そのもようをためつすがめつ観察した。「警察に追われているというわけですかな？　ふむ、話はあとでゆっくりうかがうとしよう。当面の問題としては、わしは、やぼないなか警官に家宅捜索されるのを黙っているわけにはいかん。わしの書斎にはいんなさい。はいると正面に二つのドアがあるから、左手のドアをあけて、閉めればいい。そうすれば安全このうえなしじゃ」

そう言って、この驚くべき人物は、ふたたびペンをとりあげた。

僕は命令どおりにした。それは化学薬品のにおいのする暗い小部屋で、壁の上のほうについている小さな窓から明りがさすだけだった。ドアはまるで金庫の扉のようにカチッと音をたててしまった。こうして僕は、また思いがけない安住の地を見出したというしだいだった。

とは言え、なんとなく不安だった。あの老紳士の態度には解せないものがある、というよりも、何かこわいようなところがある。彼はあっけないほど、まるで僕のくるのを予期していたように、言うことをきいてくれた。それに、あの目は恐ろしいほど抜け目がない。

この暗い小部屋には、何の物音も聞こえてこなかった。それにもかかわらず、僕には警官が家宅捜索をしているに違いないということが感じられた。そうだとすれば、彼らはこのドアの背後

を調べようとするだろう。僕は無念無想の境地になって、空腹であることも忘れようと努めた。

それから、僕は、もっと楽しいことを考えてみた。あの紳士が、僕に食事を与えるのを拒絶するとは考えられない。そこで朝食の献立を、あれこれと想像してみた。ベーコンと卵なら、充分にはちがいないが、僕はベーコンの大きな切り身と卵五十個くらいはほしかった。やがて、そうした料理を空想して、口中がよだれでしめっている最中に、カチッという音がして、ドアが開いた。僕は明るい場所に出ていった。家の主人公が、書斎と呼んだ部屋の中で、深々とした安楽椅子に腰かけて、妙な目つきで僕を見つめている。

「帰りましたか?」と僕はきいた。

「帰りましたよ。わしは、あんたが丘を越えて行ったと説得してやった。わしは、珍客とわしのあいだに警官が介入するのを好まんのでね。あんたにとっては、賀すべき朝ですぞ、リチャード・ハネー君」

話すうちに、そのまぶたがふるえて、鋭い灰色の目の上にたれさがるように見えた。スカッダーが、この世でもっとも恐れている人物を形容した時のことばが、僕の脳裏にひらめいた。その男は、まぶたをたかのようにたらすことができるとスカッダーは言ったはずだ。僕は自分が、敵の本部に、まんまとはいってしまったことがわかった。

僕はとっさにこの老悪党ののどをしめて、戸外に飛び出そうという衝動に駆られた。ところが、相手は、僕の意図を予期していたらしく、にやっと笑って背後のドアへあごをしゃくってみせた。ふり返って見ると、ふたりの召使がピストルを擬していた。

彼は僕の姓名を知っているが、前に僕を見たことはないのだ。その考えが頭に浮かぶや、僕は死中に活を得る思いがした。

「何を言ってるんだか、わからないね」と僕はぶっきらぼうに言った。「リチャード・ハネーってのは何様のことです？　おれの名まえはエーンスリーてんだ」

「そうかね」と老人はいぜんとして笑を浮かべながら言った。「もちろん君はいろいろの名まえをお持ちだ。だから、名まえのことで論争しようとは思わんよ」

僕はそこで立ち直った。そして上着もチョッキもカラーもないこの服装なら、だいじょうぶやりとおせると当てこんだ。ぶっちょうづらをして肩をすくめてみせた。

「要するにだ、あんたはおれを警察に渡す気なんだろう。ずいぶんきたねえトリックじゃねえか。畜生、あんないまいましい自動車なんかにぶつからなければよかったんだ。金はここにあるから、とったらいいだろう」そう言って僕は、四枚のソヴリン金貨をテーブルの上に投げ出した。

彼は目をすこしあけた。「君を警察へ引き渡すなんて、とんでもない話だ。わしらは、君と個人的な話をつけようと思っている、それだけのことだよ。君はちょっぴり深入りしたね、ハネー君。なかなかおしばいがじょうずだが、まだまだそれでは不充分だ」

彼は自信満々に言い放ったが、疑惑の影がその心中にきざすのを僕は見てとった。

「お説教はやめてもらいてえな」と僕はがなった。「何から何までついてねえや。リースに上陸してこのかた、運のひとかけらもつきゃしねえ。腹のすいた男がよ、ぶっこわれた自動車から、目くされ金を拾ったからって、それがどうしたっていうんだい。おれがやったのはそれだけなのによ、まる二日間というもの、罰あたりのおまわりに、山ん中を追っかけまわされているんだ。おれはもう根まけしたよ。じいさん、おまえ、好きなようにしたらいいだろう！　ネッド・エーンスリーは、もうはむかう気力もござんせんよ」

聞き手は今や半信半疑だった。「それならあんたの最近の行動を話してくださらんか」と老人は言った。

「できないよ、だんな」と僕は真にせまったこじき口調で言った。「この二日、何も口にしてねえんだ。何か食わしてくれたら、ほんとうのことをぶちまけるぜ」

僕の飢えた表情が顔に現われていたものとみえて、老人はドアにいる召使のひとりに合図をした。コールド・パイがすこしとビール一杯が運ばれてきた。僕は豚のように――というよりも、お芝居を続けていたので、ネッド・エーンスリーのように、がつがつと食った。食事の途中で、老人はいきなりドイツ語で話しかけてきたが、僕は石壁のように無表情な顔を向けてやった。

それから僕は身の上話を語った――一週間前にアークエンジェル汽船でリースに上陸し、ウィグタウンにいる兄貴のところへたずねて行こうとした。ところが、金がなくなって――酒のせいだと、あいまいにほのめかした――首がまわらなくなっていると、生垣に大きな穴があいている場所へさしかかった。のぞいてみると、小川の中に自動車が顚覆している。何ごとが起こったのかと好奇心にかられて、そばに行ってみると、三枚のソヴリン金貨が座席の上に、一枚が床の上に落ちているのを発見した。あたりにはだれもいないし、車の主の気配もないので、その金をポケットにちょうだいした。ところが、どういうわけか、警察が自分を追跡し始めた。パン屋で金貨をくずそうとしたら、店の女が大声で警官を呼ぶしまつ。そのすぐあとで、小川で顔を洗っている時に、すんでのところでつかまりそうになったから、上着とチョッキを残して、からだだけで逃げて来た、というぐあいに話した。

「金ならこのとおり返してやらあ」と僕はどなった。「縁起の悪い金だからね。みんなしてよってたかって、この文無し男をいじめようとしやがる。もしだんなが、このお宝を拾ったんなら、だれも文句を言うやつはいますめえよ」

「なかなか作り話がおじょうずだね、ハネー君」

僕はかっとなった。「たわ言はやめろい。こん畜生！　おれの名まえはエーンスリーだって言ったはずだぜ。生まれてこのかた、おれはハネーなんて名まえで呼ばれたこたあねえんだ。おまえさんに、ハネー呼ばわりされたり、猿面しやがった野郎にピストルでおどかされたりするくらいなら、すぐに警察にとっつかまったほうがよっぽどましだい……いやだんな、ついかっとなっちまったんで失礼しました。食物をちょうだいしてお礼の申しようもありません。じゃ、もう危険もないようですから、このまま失礼させてもらいましょう」

老人は明らかにひどく当惑していた。なんと言っても、僕のことを前に見たことがないのだし、写真を入手していたにしても、僕の外観はいちじるしく変わっているはずである。ロンドンにいた当時は、僕はかなりスマートで上等なみなりをしていたが、今では正真正銘の浮浪人になりさがっているから。

「君を釈放する、とは言わんよ。君が、自分で言うとおりの人物なら、すぐに身もとを証明する機会が与えられる。しかし、わしが思ったとおりの人間なら、君の余命はあまり長くはなかろうね」

彼がベルを鳴らすと、三人目の召使がベランダから現われた。

「五分以内に自動車の用意。昼食は三人だ」

それから、彼は、僕をじっと見つめた。それは、何よりもつらい試練だった。その目には不吉な悪魔的な光があった。冷たい邪悪な、非人間的な、そして、恐ろしいほどわる賢い目つきだった。僕はへびの目に魅いられたように、すくんでしまった。よほど彼の前に身を投げ出して、手下になりますと、申し出ようかという強烈な衝動を感じた。しかし、僕のその時いだいたあらゆる感情を考慮に入れるなら、そうした衝動とは、純粋に生理的なもので、より強い精神によって催眠術をかけられ、支配されてしまった頭脳の弱さによるものであることは明白だった。しかし、僕はそうした衝動を追い払ったうえ、にやりと笑ってみせてやった。

「じゃ、またあとでお目にかかりましょうよ、だんな」と僕は言った。

「カール」老人はドアにいる男のひとりにドイツ語で言った。「この男を、わしが帰るまで、物置部屋へ入れておくんだ、逃げられぬように、責任を負うんだぞ」

僕は左右からピストルをつきつけられて、その部屋を出た。

それは昔、農家の物置だったらしく、しめっぽい部屋だった。床には敷物がなく、すわろうにもベンチが一つあるだけだった。窓は全部、厳重によろい戸がおりているので、なかはまっ暗だった。手さぐりをしてみると、壁ぎわには、さまざまな箱やたるや、何か重い物をつめた袋が並べてあった。部屋全体に、かびと廃品のにおいが漂っている。ふたりの見張りはドアの鍵をしめて行ったが、ドアの外で立番する足音が聞こえてきた。

僕はみじめな気持で、ひんやりする暗やみの中に腰をおろした。あの老人は自動車に乗って、きのう、僕と出会ったふたりの悪漢を集めに行ったのだろう。あのふたりは僕のことを道路工夫として見たわけだが、僕が同じ服装でいるからには、当然、そのことを思い出すだろう。そうなれば、道路工夫が持ち場から二十マイルもはなれたところで、いったい何をしでかして、警察に追われているのか、ということになる。簡単な質問で、僕の足どりは、わかってしまうだろう。おそらく、連中は、タンブル氏に会っているだろうし、マミーにも会っているだろう。やつらが、僕とハリー卿を結びつけて考えることも大いにありうることだ。そうなれば、いっさいがっさい、水晶のように見すかされてしまう。この荒地の一軒家で、三人の悪党とふたりの武装した手下をむこうにまわして、僕にはいったいどんなチャンスがあるというのか？

僕は警察が、恋しくなった。今ごろは、僕の亡霊を追って、丘から丘へとしらみつぶしに捜査していることだろう。とにもかくにも、警官たちは同国人だし、それに正直な人間だ。彼らに逮捕されたほうが、こうした悪鬼のような異国人たちにつかまるより、いたわってもらえるにちがいない。しかし、警察は僕の言うことなど、信用しなかっただろう。あのたれさがったまぶたの老悪党は、警官たちをすぐに追い返してしまったのだ。おそらく、警官隊をまるめ込んだのだろう。あの老人は、英国の閣僚から、英国に対する陰謀を企むための、あらゆる便宜を受けられるように、親書をもらっているとにらんでまちがいあるまい。老大国イギリスの政治は、かくのごとく間が抜けているのだ。

三人が昼食までには帰ってくるとなると、僕に残された時間は二時間あまりしかない。この苦境を脱出する方法を見いださなければ、べんべんとして身の破滅を待つことになる。僕はスカッダーの勇気がうらやましかった。じつのところを言うと、僕は毅然（きぜん）たる態度など、とてもとれなかった。僕をささえていた唯一のもの、それは僕の気持が非常に兇暴になっていたことなのだ。この三人のスパイが、僕をこうして監禁していることを考えると、はらわたが煮えくりかえるようだった。とにかく、僕は殺される前に、せめてやつらのひとりぐらいは、その首をへし折ってやりたいと思った。

考えれば考えるほど、怒りが心頭にこみあげてきた。僕は立ちあがって、室内を動きまわらずにはいられなかった。窓のよろい戸をためしてみたが、錠をおろす型のものなので、びくとも動かなかった。戸外からは、暖かい陽ざしの中で、めんどりがくうくう鳴く声が聞こえてきた。僕は次に、袋と箱を手探りした。箱のほうはあけることができなかったが、袋には、飼犬用のビスケットみたいな肉桂のにおいのするものが、いっぱいつまっていた。だが、部屋を逐次（ちくじ）、歩いて行くと、一考の余地のある取っ手が、壁についているのを発見した。

それは壁につくりつけになった戸棚のドアで——スコットランドで〝プレス〟というやつだ——錠がおりていた。揺すってみると、案外もろそうだった。何かやらかさないと気がすまないので、僕は取っ手にズボンつりを巻きつけ、渾身（こんしん）の力で引っぱった。やがて扉は音をたてて開いたが、その音に見張人たちが気づいて、調べにくるのではないかとはらはらした。しばらく、そのままでいて、それから戸棚の内部を調べ始めた。

妙なものが、ごちゃごちゃはいっていた。ズボンのポケットにマッチの残りがあったので、火をつけてみた。マッチはすぐに消えてしまったが、ある物が目にとまった。棚の一つに、予備の懐中電灯がいくつもあったのだ。その中の一つをとりあげてみると、すぐに使用できる状態になっていた。

懐中電灯の助けをかりて、僕はさらに調査を進めた。妙なにおいのするものがつまったびんや箱が並んでいた。どうやら実験用の化学薬品らしい。上等の銅線のコイルや薄いオイル・シルクの箱もあった。雷管の箱や、ヒューズ用のコイルもたくさんあった。それから棚のうしろに、がんじょうな茶色のボール箱がおいてあった。中には木製の箱がはいっていた。むりやりにこじあけてみると、半ダースほどの小さな灰色の煉瓦のようなものがつまっていた。二つが一組になって、二、三インチ四方の大きさである。その一つを取りあげてみると、僕の手の中で、もろくもくずれてしまった。においをかぎ、舌で触れてみた。それから、僕は腰をおろして、考え込んでしまった。僕もだてに鉱山技師をやってきたわけではない。だから、それを見た瞬間、レントナイトだということがわかったのだ。

煉瓦状のこれ一個で僕はこの家を、こっぱみじんにすることができる。ローデシアにいた時、これを使っていたから、その破壊力はわかっていた。しかし、困ったことに僕の知識はあやふやだった。適正な装薬や、正しい調合法を忘れていたし、爆発のタイミングの点もふたしかだった。

破壊力の点についても漠然とした印象があるだけだった。使用したとは言うものの、自分の手で直接いじったわけではないからである。

しかし、これがおそらくは唯一のチャンスだろう。法外な危険をおかすわけだが、それをやめたところで、お先まっくらなことには変わりがない。レントナイトを使えば、その結果は、十中八九、自分のからだを木の頂上に吹き飛ばすことになるかもしれぬ。しかし、そうしなかったところで、僕のからだが夕方、この庭の六フィートの穴の中に、埋められていることはまちがいない。そう判断せざるを得なかった。いずれにしても予測はまったく悲観的なものだった。しかし、とにかく、僕と祖国にとっては、千番に一番のチャンスがある。

小男スカッダーの思い出が、僕に決意を固めさせた。それは生涯における最悪のときであった。こうした非情な決心をするのは、僕のがらではなかったからだ。とは言え、僕は歯をくいしばって勇気を奮い起こし、身内にわき起こる恐ろしい迷いをなんとかおさえつけた。無我の境地になって、自分はただガイ・フォークス（一六〇五年十一月十五日、国会に火薬をしかけて、ジェームズ一世を暗殺しようとした犯人）が爆薬をしかけたように、簡単な実験をしているのだ、と思い込もうとした。

雷管をとりあげて、二フィートのヒューズにとりつけた。つぎにレントナイトの固りの四分の一をとって、ドアのそばにある箱の下の床の割れ目に埋め、雷管を接続した。これらの箱が、ダイナマイトかもしれぬということは百も承知だった。戸棚の中に、こんな恐ろしい爆薬があるからには、箱の中にだってないとは言えまい。その場合には、僕とドイツ人の手下と、周囲一エーカの土地は、はなばなしい空中旅行を演ずるだろう。雷管と、同じように、レントナイトの知識の大半を忘れてしまったので、戸棚にある残りのレントナイトまで爆発させる危険もあった。しかし、そんなことをぐずぐず考えてみたところで、何もならぬ。成り行きは恐ろしいが、こうなっては、〝断〟の一字あるのみ。

僕は窓の下に身をよせて、ヒューズに点火した。それから息をころして、待ち受けた。死のような沈黙――足をひきずる廊下の重い靴音と、暖かい戸外でめんどりが無心になく声が聞こえるだけだった。造物主のみ手に魂をゆだねて、五秒後に自分はいったいどこにいるのだろう、と考えていた……。

大きな熱波が、床から天井めがけて吹きあがり、一瞬、宙にかかった。正面の壁が黄金色に光ってすさまじい音をたててくずれた。頭がどうかなりそうなほどの衝撃だった。何かが落ちてきて、左肩の上にあたった。

それから意識がもうろうとなった。

失神状態は、まず数秒とは続かなかったろう。もうもうたる黄煙に息がつまりそうになっているのに気づいて、僕は破壊物から身をもがいて立ちあがった。背後に、新鮮な空気があるのを感じた。窓のわき柱はくずれて、そのぎざぎざのすき間から、煙が夏の真昼の中へもくもく吹き出していた。折れた窓の横木を踏みこえて行くと、密集した、いがらっぽい煙のうずまく裏庭に出た。気持が悪くて、倒れそうだったが、足を使うことができたから、やみくもに、よろよろと家から離れて行った。

裏庭のべつな側に、小さな水路が木製の水管の中を走っていた。僕はその中にころがり込んだ。

冷たい水でわれに帰ると、なんとか逃げる手を考えるだけの才覚が働いた。すべりやすい緑の苔の間をもがきながら、水車までたどりついた。それから、車軸の穴をくぐり抜けて古い製粉所にもぐり込み、もみ殻の上に倒れ込んだ。くぎがズボンのしりにひっかかって、ミックス・ツイードのズボンの生地の切れっぱしをそこへ残した。

水車はながい間、使用されていなかった。はしごは長い年月のために朽ちているし、屋根裏の床はねずみが食い荒らして、大きな穴があいていた。胸がむかついて、頭は割れるようだった。左の肩と腕は中風のようにしびれる。窓からのぞくと、いぜんとして、煙が家の上にたなびいて、上部の窓からは、煙がもれていた。家の別な側面からは、混乱した人声が聞こえて来た。ひょっとすると、建物に火災を起こすことができたのかもしれぬ。

しかし、ぐずぐずしているわけにはいかない。この水車小屋は、一見して、隠れ場所には不向きだった。僕をさがすとなれば、だれしも、当然この水路に目をつけるだろうし、僕の死体が物置部屋にないことがわかれば、すぐ捜索が開始されることも、まず必至だ。べつな窓からのぞくと、水車小屋の反対側に、古い石造のはと小屋があるのが目にはいった。もし僕が足跡を残さずに、そこにたどりつけば、身を隠すことができるかもしれない。というのは、敵方が、僕のからだの自由がきくものと判断すれば、広い野外へ逃走したものと断定して、荒地のほうを捜査するだろうと推理したからだ。足跡を消すために、僕はもみ殻をまきながらはしごをおりた。床の上にも、ちょうつがいがこわれて、ドアがぶらついているしきいの上にもまいた。戸外をうかがうと、そこからはと小屋までは玉石が敷いてあるので、足跡は残りそうもなかった。それに、ありがたいことに、はと小屋は、水車小屋のかげになっていて、あの家からは見通すことができない。僕は足音をしのばせて、つっきり、はと小屋のうしろへたどりついて、登る手がかりを調べた。

　まったく、はじめてと言っていいほど、むずかしい仕事だった。肩と腕は、ちぎれるほど痛むし、気持が悪く、目がくらみ、なんども墜落しそうになった。しかし、どうやらこうやら、やってのけた。突き出している石や、石と石の割れ目、それにじょうぶなつたの根を使って、とうとう上までよじ登った。そこには小さな手すりがついていて、うしろには、横になれるだけの場所があった。そこで僕は、がらにもなく、しだいに気が遠くなっていった。

　目をさますと、頭は燃えるように熱く、顔にはカンカン日が当っていた。長い間、僕はそのままじっとしていた。恐ろしい煙のために、体じゅうの関節が、がくがくして頭はぼけてしまった。家のほうから、しゃがれた声と、停車した自動車のエンジンの音が聞こえてきた。身をひそめている手すりの小さなすき間から、裏庭のもようを、いくらか見ることができた。人影が――頭にほうたいをした召使と、ニッカー・ボッカーをはいた若い男が出てきた。彼らは、何かさがしながら、水車小屋のほうへ進んで行った。やがて、ひとりがくぎにひっかかった服のきれはしを発見して、大声で相棒に知らせた。ふたりはいっしょに家の中に引きあげてから、さらにふたりの人間を、それを見せるために、連れ出してきた。僕を閉じ込めた肥満した男と、もうひとりはどうやら、舌たらずの口をきく男らしかった。連中は全部、ピストルを手にしていた。

　三十分ほど、彼らは水車小屋を捜査していた。たるをけとばしたり、くさった床板をはがす音が聞こえた。やがて、一同は外に出て、はと小屋の下で、口角あわをとばして言い争っていた。

ほうたいをした召使が、口ぎたなくののしられていた。それから、はと小屋のドアをいじりまわす音が聞こえたので、やつらがあがってくるのではないかと思ってきもを冷やしたが、どうやら考え直したらしく家のほうへ引きあげてしまった。

焼けつくような長い昼さがり、僕は屋根の上で、あぶられていた。のどのかわきがいちばんつらかった。舌はからからなのに、皮肉なことに水路のしたたる音が耳につくのだ。僕は荒地のほうから流れてくる小川を眺めて、その流れの源を、谷間のかなたまでたどって想像してみた。小川は冷たい苔や、しだにふちどられた清冽な泉からわき出ているにちがいない。自分の顔を、その中につっ込むことができたら、僕は千ポンドやってもおしくないと思った。

荒地全体が一望のもとにあった。ふたりの人間を乗せた自動車が疾走して行くのや、小馬にまたがった男が、東をさして丘を行くありさまが見えた。彼らはてっきり僕の捜索に行くものらしい。僕は連中の成功を祈ってやった。

しかし、もっと興味をひくものが、目についた。例の家は、高原のような土地の頂きに位置する荒地の隆起部の上に建っているが、六マイル先の大きな丘陵を除けば、近くにそれ以上高い地点はない。前にも述べたように、実際の頂上は、数本のとねりことぶなを交えた、大部分がもみのやや大きな木立であった。はと小屋の上にいると、自分の位置が木の頂きとほぼ同じ高さなので、木立の向こうを見わたすことができた。森は密生しているわけではなく、ただ輪になっているだけだった。内側は、楕円形の緑の芝生で、さながら大きなクリケット場であった。

その意味を悟るのは、ぞうさなかった。飛行場、それも、秘密の飛行場なのだ。驚くほど巧妙に選んだ場所というほかはない。たとえば、飛行機が、そこへ降りてくるのをだれかが目撃していても、飛行機は森の向こうの丘の反対側に、着陸したと思うだろう。飛行場は、大きな円形劇場の中央に設けられた高台の上にあるから、だれがどの方向から見ていても、飛行機は丘の背後におりて視界から消えたと判断するにちがいない。ただ目と鼻のところにいる人間だけが、飛行機は森を越えず、そのどまんなかに着陸したことに気がつくのだ。もっと高い丘の上から望遠鏡でも使って見れば、真相がわかるだろうが、そんなところへ行くのは羊飼いだけで、彼らは望遠鏡など持ってやしない。はと小屋の上から眺めると、はるかかなたに青い線が見えた。海なのだ。敵のやつらが、この秘密の展望台から、われわれの航路を偵察しているのかと考えると、むしょうに腹が立ってならなかった。

それから僕は、もし飛行機がもどってくれれば、十中八九まで発見されるだろうと、考えた。そこで、午後の間じゅう、横になったまま、夜の一刻も早く来ることを祈った。大陽が巨大な西の丘に沈み、夕暮のもやが荒地の上に立ちこめた時には、まったく救われる思いだった。飛行機はおそくなってから帰着した。かなり暗くなったころに、プロペラの音が聞こえて、飛行機が、森の中の根拠地めざして、滑走するさまが目に映った。しばらくのあいだ、灯火がついて、家からさかんに人が出入りしていた。それから夜のとばりがおりて、沈黙（しじま）に包まれてしまった。

うれしいことには、まっ暗な夜だった。下弦の月はおそくまで、のぼってこなかった。のどのかわきがたえがたく、ぐずぐずしていられなかったので、九時とおぼしきころに、降り始めた。簡単にはゆかなかった。中途まで降りた時に、家の裏手のドアがあいて、ランタンの光が水車小屋の壁を照らした。僕はつたにしがみついて、はらはらしながら、だれもこのはと小屋のほうへは来ないようにと祈った。やがて、光は消えたので、できるだけ音を立てぬように、裏庭の固い土の上にとびおりた。

家をとりまいている木立の端にたどりつくまでは、石垣のかげを腹ばいになって行った。方法さえわかれば、飛行機を使用不能にしてやるところだったが、そんな試みはおそらくむだだろう。僕は家の周囲には、何か仕かけがしてあるにちがいないと考えて、森の中を手とひざをついて、一インチずつ慎重に進んで行った。案のじょう、じきに地上二フィートほどの高さに張ってある針金を探り当てた。もしつまずきでもしようものなら、まちがいなく家の中のベルが鳴って、僕はとっつかまっていただろう。

百ヤードほど進むと、小川のふちに巧妙に張られた別の針金を発見した。そのむこうは荒地で、五分ほどすると、しだとヒースの茂みの中にはいった。やがて、水車の水路がわき出している、小さな谷の中の、高台の肩をまわった。十分後には、僕は泉の中に顔をつっこんで、救いの水をがぶ飲みしていた。

だが、あののろわれた家と僕との距離が、六マイル離れるまでは、僕は足を休めなかった。

Ⅶ　蚊ばりの釣師

僕は丘の頂上に腰をおろして、自分の位置を見定めた。あまり楽しい気分ではなかった。脱出の喜びも、肉体の苦痛で減殺されてしまった。爆薬の煙がひどくからだをいためてしまったので、はと小屋の上で何時間かすごした日光浴もきき目がなかったらしい。頭がズキズキ痛んで、気分が悪かった。肩のぐあいも、思わしくない。最初は単なる打撲傷ぐらいに考えていたが、どうやらはれてきたらしく、左腕が使いものにならなかった。

僕の計画では、タンブル氏の小屋へ行って、自分の衣服や、とくにスカッダーの手帳をとりもどし、それから、主要道路まで行って、南へ引き返すつもりだった。外務省のウォルター・バリヴァント卿に連絡するのは、早ければ早いほど、よさそうだった。今までに入手した以上の証拠を、これから僕がつかめるとも思えない。バリヴァント卿は僕の話を信じるか、あるいは信じないかのどちらかにちがいないが、いずれにしても、卿の手中にあるほうが、あの恐ろしいドイツ人たちにつかまるよりは幸いだろう。僕は英国の警察に対して、心からなる親愛の情をいだき始めた。

すばらしい星月夜だった。道をさがすにはそれほど苦労しなかった。ハリー卿からもらった地図によって、地形がわかっていたから、要するに僕は、南西方向より一、二度西よりに向かって進めば、例の道路工夫に出会った小川に出るはずだった。この旅行中、いっこうに土地の名まえを知らなかったが、あの小川は、ツイード河の上流だろうと僕は考えた。計算では、そこからは十マイル離れているので、夜明け前には到着できないが、そうなると、日中は、どこかに身をひそめなければなるまい。なにしろ、昼日中には、とても人さまに見られた姿ではないからだ。上着もチョッキもカラーも帽子もないうえに、ズボンはズタズタ、顔と両手は爆発でまっ黒。そのうえ、念の入ったことに、目がまっかに充血しているような気がする。要するに街道で善良な市民諸君にお目にかかれるような風体ではない。

夜が明けるとすぐに、丘の小川でどうにか身づくろいをすませて、それから羊飼いの小屋へ近づいて行った。何か食べ物がほしかったのだ。羊飼いは留守で、五マイル以内には隣家のないという小屋に、女房がたったひとりでいた。人のいい、しかも気丈な老婆だった。僕を見るや、ぎょっとしたが、斧(おの)が手近にあったので、もし妙なまねでもしたら、それをふりかざしたにちがいない。じつは高いところから墜落したのだと告げると——その理由までは言わなかったが——、僕のようすから、からだのぐあいの悪いことをのみ込んだらしい。良きサマリア人のごとく老婆はせんさくもせずに、ウィスキーをたらしたミルクを出してくれて、台所の火のそばで、暫時、休息させてくれた。彼女は僕の肩を洗ってくれようとしたが、あまり痛むので、それはご免こうむった。

老婆が僕をどういう素姓(すじょう)の人間と判断したかはわからないが——おそらく善心にかえった泥棒

とでも考えたのではあるまいか。こまかい持ち合わせがないので、ミルク代として、ソヴリン金貨を出すと、老婆は首をふって、「もとの持ち主にお返しなさいな」というようなことを言った。そこで、断固として抗議すると、彼女も僕を怪しい者ではないと信用したらしく、その金を受けとって、新しい格子縞の肩かけとご亭主の古帽子まで僕にくれた。そして、肩かけをどういうふうにかけるのか、自分で教えてくれた。そういうわけで、小屋をあとにした時の僕のなりは、バーンズの詩集のさし絵で、よくお目にかかる、あのスコットランドの地方人そっくりだった。だが、とにもかくにも僕は、人なみの身なりをととのえたわけだ。

昼前に天候が変わって、大降りの雨になったから、帽子と肩かけを借りておいて大助りだった。小川の屈折したところにおおいかぶさっている岩かげに雨宿りした。枯れたわらびが積み重なって、おあつらえ向きのベッドになっていた。日が暮れるまで、そこでどうにか寝て過ごしたが、目がさめてみると、左肩が歯痛のようにズキズキ痛み、からだはけいれんして、気力がなかった。老婆のくれた、チーズ入りの堅焼きのビスケットを食べて、また、暗くなりきらぬうちに歩き出した。

びしょびしょにぬれた丘陵地帯で、みじめな一夜をすごした。目印になる星もないので、地図の記憶を必死にたどらなければならなかった。二度も道に迷い、泥炭沼に数回落ち込んだ。まっすぐ行けば十マイルですむところを、道に迷って、二十マイル近く歩いてしまった。最後の行程は、歯をくいしばって、踏破したが、頭はふらふらだった。しかし、どうにか歩き通して、明けがた早くに、タンブル氏の小屋のドアをたたいた。濃い霧が立ちこめて、小屋のあたりからは、街道は見えなかった。

　ドアを開けたのはタンブル氏自身だったが、しらふだった。というよりも何かくそまじめな態度だった。古くさい、だがよく手入れした黒服をきちんと身につけていた。どうやら、昨晩あたりひげをそったような顔つきだった。麻のカラーもつけて、左手にはポケット聖書を持っていた。最初は、僕がだれだかわからなかったらしい。

「安息日（日曜日）の朝っぱらから、だれだね？」

　僕は日づけの観念をすっかり忘れていた。彼がしゃれ込んでいる理由は安息日のせいなのだ。

　頭がふらふら揺れて、筋道だった返答ができなかった。しかし、彼は僕に気づき、しかも加減が悪いのを見てとった。

「わしの眼鏡をもってきてくれたかね？」と彼はきいた。

　僕はズボンのポケットから出して、お返し申し上げた。

「上着とチョッキをとりにおいでだね。まあへえんなさい。あんれ、おまえさん、ひどい足をしているね。椅子を持ってきてやるだで、待ってなせえ」

　マラリアの発作が起こっているのを僕は自覚した。からだにかなりの熱がこもっていたところへもってきて、一晩、雨に打たれたので発熱し、しかも肩の負傷と爆薬の煙の作用がいっしょになって、なおさら、症状を悪化させたのだ。知らぬ間に、タンブル氏が手をかして、僕の服をぬがせ、台所の壁に沿った二つの戸だなの中のベッドに寝かしつけてくれた。

　この老道路工夫に会えたのは、地獄で仏に会ったようなものだった。彼は何年も前に妻に先立たれ、娘が結婚してからは、ひとり暮らしをしていた。十日間というもの、彼はほとんどつきっきりで、なれぬ手つきで看護してくれた。熱が続いているあいだは、そっと静かにほっといてもらうよりほかに手がなかった。熱がひいてしまうと、肩のぐあいもすこしはよくなってきていた。しかし、治りきってはいないので、五日してベッドから離れても、動きまわるには、まだ時間がかかった。

彼は毎朝、その日のミルクを僕に残し、ドアに鍵をおろして、出かけて行った。そして、夕方帰宅すると炉のすみで、黙りこくってすわっていた。

小屋の付近には、だれも姿を現わさなかった。僕の病状がよくなってからも、彼はうるさい質問などしなかった。時々数日おくれのスコッツマン紙をもって来てくれたが、ポートランド・プレース殺人事件の興味はさめてしまったと見えて、何も出ていなかった。大部分は議会と称する──国教のお祭り騒ぎの場に関する記事だけだった。

ある日、錠をかった引き出しから、タンブルは僕のベルトをとりだした。

「お宝がどっさりへえっているよ。念のため、勘定してみなせえよ」

彼は僕の名まえをたずねようともしなかった。道路工事を僕が交代したあとで、だれか質問しに来た者はいなかったかと僕はきいてみた。

「自動車さ乗った男がひとり来ただよ。あの日、仕事を代ってやったのはだれだときくから、おまえさん、頭がすこしおかしいんじゃねえかと、とぼけてやったね。それでもまだ、言いくさるから、あんれはクリーチから来たおらの兄弟で、その間、おらは家さ帰ってたんだと言ってやっただ。どうもウェールズ人くせえつらのやつで、そいつの英語ときたら、おら、半分くれえしかわからなかった」

日がたつにつれて、僕はひどく落ちつかない気分になってきたので、からだに自信ができしだい、出発する決心をした。六月十二日に、その気になった。ところが運のいいことに、モファットへ行く牛追いが牛を連れて通りかかった。牛追いはヒスロップという男で、タンブルの知り合いだった。彼は朝食をいっしょにするために立ち寄ったのだが、僕と同行しようと申し出てくれた。

僕はタンブルに宿料として五ポンド受けとらせたが、それは一仕事だった。これほど依頼心のない男もまれだろう。僕がしいてすすめると、顔をまっ赤にしたが、それから照れくさそうに、ありがとう、とも言わずに受けとった。僕が、ほんとうにお世話になった、というと、彼は〝受けた恩は、返すもんだ〟とかなんとかつぶやいた。僕らが、別れのことばをかわしているようすをはたから見たら、まるでけんか別れをしているみたいだったろう。

ヒスロップは陽気な男で、峠を越えてアナンの陽の照る谷間をくだる道中ずっとしゃべり続けていた。僕がガロウェイの市場や羊の価格のことを話したので、ヒスロップは、僕をその地方の羊商人と思いこんでしまった。

前にも述べたように、肩かけと帽子のおかげで、僕は芝居もどきのスコットランド人のなりをしていた。それにしても、牛追いというのは、なんともまだるっこい仕事だ。十二マイル歩くのに、一日の大半かかってしまったのである。

心配ごとさえなかったら、この時間を楽しめたことだろう。空は青く晴れわたり、まわりどうろうのように変化する褐色の丘々、そして遠くに見える緑の牧場、ひばりとしぎの絶え間のない鳴き声と小川のせせらぎ。しかし、こうした夏の田園風景もうわの空で、ヒスロップの話もあまり僕の耳にはいらなかった。運命の六月十五日が目前に迫っているのに、自分の計画の前途に横たわる絶望的な困難さを考えると、僕の心は重く沈んでしまうのだった。

モファットのみすぼらしい居酒屋で夕飯を食べてから、鉄道幹線の連絡駅まで二マイルほど歩いた。南方へ行く夜の急行列車は、深夜近くでないと到着しないというので、時間をつぶすために、丘のすそに行ってひとねむりした。歩いて来たので疲れていた。ところが、前後不覚に眠り込んでしまったので、駅まで走らなければならなかった。発車まであと一、二分というところで列車をつかまえた。三等車の固いクッションと、かび臭いタバコのにおいが、不思議なほど僕を元気づけてくれた。とにかく、僕はこうしてふたたび、仕事にとりくむことになったのだ。

午前二時か三時ごろ、クルー駅でおろされたが、バーミンガム行きの汽車は、六時まで待たなければならなかった。午後にはレディングに着き、そこで、バークシャーの奥に進む地方線に乗りかえた。まもなく、列車は、青々とした水辺の牧場と、あしの茂る、静かな小川の流れる平野にはいった。夜の八時ごろ疲労こんぱいして旅のほこりを浴びた——農夫とも、獣医ともつかぬ——男が黒白のチェックの肩かけを腕にかけて（イングランドとスコットランドの境の南にあるこの辺では、それをかける気がしなかった）、アーティンスウェルの小さな駅で下車した。プラットホームには人が数人いたが、僕はこの駅を離れてから、行き先をきいたほうがよかろうと考えた。
その道は大きなぶなの林を抜けて、浅い谷へはいっていた。谷の奥には、遠くの木立のあいだから、緑の草原がのぞいていた。スコットランドとおなじように、空気が重苦しくなったが、くりや、しなの木や、チェスナットやライラックの花が咲いているので、たとえようもなく甘い香りがにおっていた。やがて、橋にさしかかった。その下には、雪のような水きんぽうげのあいだをゆるやかな水が流れていた。そのすこし上のほうに、水車があって、かぐわしいたそがれの中に涼しげに快適な音を立てていた。その場所は、なんとなく僕の気持を静め、慰めてくれた。緑色の深い水をながめながら、僕は思わず口笛を吹いた。口をついて出たのは、「アニー・ローリー」だった。

釣り人がひとり、水ぎわからやって来て、僕に近より、同じように口笛を吹き始めた。その調べは、伝染性があると見えて、同じく「アニー・ローリー」だった。よごれたフラノの服に、つば広の帽子をかぶった大がらの男で、肩に麻のカバンをさげていた。男は僕にうなずいてみせた。僕はこれほど怜悧（れいり）でくったくのない顔をみるのは初めてだった。その人物は十フィートの細みの釣りざおを橋に立てかけて、僕と並んで、水をながめた。

「じつにきれいな水じゃありませんか?」と彼は楽しそうに言った。「私はいつでも、テスト河よりこのケネット河を推奨しています。あの大きなやつをごらんなさい。テスト河のが一オンスあるなら、こちらは四ポンドありますな。しかし夕潮が引いたから、もう誘いかけてもだめですよ」

「見えませんが」と僕は言った。

「ほら、そこですよ！　あのあしの一ヤードほどさきですよ」

「ああ、見えました。まるで黒い石みたいですね」

「そうですよ」と言って、彼は「アニー・ローリー」のべつの節を吹いた。

「トゥイドスンというお名まえですかな？」目はいぜんとして水流を見ながら、彼は肩ごしに言った。

「いえ、……あ、そうです」僕は自分の偽名のことをすっかり忘れていた。

「自分の名まえを忘れるとは、頭のいい共謀者ですな」橋のかげから現われた雌の赤雷鳥を見ながら、彼は大笑いした。

僕は起きなおって、相手を見た。四角いしまったあご、しわのよった広い額、彫りの深いほおの線、僕はついに、頼みがいのある盟友が目の前にいることを知った。

とつぜん、彼はまゆをひそめた。

「恥ずかしいことだ！」彼は大声を出した。「君のように五体満足な若い者が物ごいするなどとは、もってのほかだ。台所へくれば食物はやるが、金はやらんぞ」

二輪馬車が通りすぎたが、御者の青年は、むちをあげて、釣り人にあいさつして行った。

馬車が過ぎると、彼は釣りざおをとりあげた。

「あれが私の家です」百ヤードほど前方の白い門をさして、彼は言った。「五分ほどしてから、裏口へいらっしゃい」そう言って彼は立ち去った。

僕は言われたとおりにした。美しい屋敷で芝生が小川まで続き、ゲルダー・ローズとライラックのみごとな茂みが通路の片側を飾っていた。裏口は開いたままで、しかつめらしい執事が待ちうけていた。

「こちらへどうぞ」そう言って執事は廊下を通り、裏の階段をのぼって、川に面した快適な寝室へと僕を案内した。そこには、僕のために身の回り品一式がとりそろえてあった――茶のフラノの背広、シャツ、カラー、ネクタイ、ひげそり道具にヘア・ブラシ、それに上等の靴まで。

「ウォルター卿は、レジー様は、レジー様のものが、お似合いになるのではないかと考えられました」と執事は説明した。「レジー様は、毎週末、きまって、ここにお越しになりますので、お召し物の予備がございます。次の部屋が浴室で、したくもできております。十分いたしますと、夕食でございます。鐘でお知らせいたします」

　しかつめらしい男がひきさがった。僕はさらさのカバーをかけた安楽椅子に腰をおろして、あっけにとられて、あたりを見まわした。こじきの世界から、一足とびにこの整然とした快適な環境にはいるとは、まるでお伽芝居(とぎしばい)みたいだ。どういうわけかは知らないが、ウォルター卿は、僕を信用しているらしい。僕は鏡にうつった自分の姿をながめた。粗野なやつれた、陽にやけた顔、二週間もかみそりを当てないひげ、耳も目もほこりだらけで、カラーはなく、下等なシャツに、形のくずれたツイードのボロ服、それにひと月ちかくみがいていない靴といういでたちである。まさに浮浪人か典型的な牛追いといったところだ。それなのに、とりすました執事に案内されて、優雅な心地よい部屋に、現にいるではないか。しかもいちばん不思議なことは、彼らが僕の本名を知らないことなのだ。

だが首をかしげることをやめて、僕は神の賜物(たまもの)を遠慮なくちょうだいすることにした。ひげをそり、豪勢に入浴し、背広とのりのきいたシャツを着用におよんだ。着心地はそれほど悪くなかった。したくが終わってから鏡をのぞくと、まんざら捨てたものでもない青年が映っていた。

ウォルター卿は、銀の燭台(しょくだい)を点した小型の円テーブルのある、うす暗い食堂で待っていた。その姿を見て――品位があり、堂々と落ちつき払って、まさに法と権力と慣習の化身だった――僕は威厳にうたれ、自分が場違いの侵入者のような気がした。彼が僕に関する真相を知らないからいいようなものの、もし知っていたら、これほど優遇するはずがあるまい。僕はこのまま、虚偽の見せかけで、卿の歓待を受けることはできない。

「お礼の申しようもありませんが、まずお断わりしておかなくてはなりません。私は無実の罪ですが、警察から追及されている人間です。このことを申しあげておく必要があります。ですから、あなたが、私を家の外に追い出してもけっして不服とは思いません」

ウォルター卿は微笑を浮かべた。

「結構、結構。そんな心配はせんで、まず腹ごしらえをなさい。その件については、食事のあとで、話しましょう」

サンドウィッチしかとっていなかったから、この食事はなおさらもって舌がとろけるようだった。ウォルター卿はシャンペンを抜き、そのあとで、珍しい、上等の葡萄酒を飲ませてくれた。大いに敬意を表してくれたのだ。ここでこうして従僕や執事にかしずかれながら、山賊のように、あらゆる人間から指弾されてきた三週間の生活を考えると、僕は病的な興奮状態におち入ってしまった。僕はウォルター卿に、油断していると、たちまち人間の指をかみ切ってしまう、ザンベジ河（アフリカ東南部の河）の虎魚の話を聞かせた。卿も若かりしころ、狩猟の経験が多少あったところから、世界じゅうのスポーツの話題に花を咲かせた。

食後のコーヒーを飲むために、卿の書斎へ行った。書物とトロフィーがいっぱいつまった、雑然とした、しかもくつろげる、美しい部屋だった。僕は、もしこの仕事から解放されて、自分の屋敷を持てる日がきたら、これとそっくりの書斎をつくろうと決心した。コーヒーカップがさげられ、ふたりは葉巻をくゆらした。屋敷の主人は、長い両足を椅子のひじに乗せて、話を始めるように僕をうながした。

「わしはハリーの指示にしたがったのです。あなたが、何かわしを驚かすような話を聞かせるはずだと言って、わしは抱き込まれたのです。さあ、どうぞ、ハネー君」

卿が本名を口にしたので、僕は、はっとした。

そもそもの発端から話し始めた。自分がロンドンでたいくつしていたこと。夜帰ってくると、スカッダーがドアのところで、わけのわからぬことをささやかれたこと、それから、スカッダーが話したカロリデス首相や外務省会議のこともすっかりぶちまけたが、卿はそれを聞くと、くちびるを曲げて、にやっと笑った。いよいよ殺人のことに触れると、卿は、またまじめな顔になった。そして牛乳配達夫やガロウェイでの冒険や、宿屋でスカッダーの手帳を解読したことなどに、じっと耳を傾けた。

「それをお持ちかな？」と卿は鋭くきいた。そして僕がポケットから手帳をとり出すのを見て、安堵の吐息をもらした。

僕はその内容のことには言及しなかった。それから、ハリー卿と出会ったことや、ホールにおける演説会のもようを話した。それを聞くと、卿は吹きだしてしまった。

「ハリーは愚にもつかんことをしゃべったでしょう、え？　まずそんなことでしょうな。あれはじつにいい子なんだが、ばかな叔父が、あれの頭に愚劣なことを吹き込んでおる。ハネー君、続けてください」

道路工夫に化けた一日の話は、卿をちょっぴり興奮させた。自動車に乗ったふたりの男のことを詳細に述べると、卿は、何か思いあたるふしがあるらしかった。まぬけのジョプリーの災難のことを耳にするや、卿はまたひどく陽気になった。

しかし、荒地の一軒家にいた老人のことを聞くと、卿は、重々しい顔になった。ふたたび、僕はその人相、風体の詳細を描写した。

「柔和ではげ頭で、鳥のように、まぶたで目をおおう……。まるで不吉な猟鳥みたいな人物だな！　それで、その男が警察の手から君をかくまったあとで、君はそのいなか家を爆破したと言うわけかね。そいつは、思いきったことをやったもんだ、まったく！」

まもなく、僕の遍歴話も終わりに到達した。卿はゆっくり立ちあがって、炉辺から、僕を見おろした。

「警察のことは気にするには及ばんよ。君は英国の法律には触れておらぬ」

「なんですって！」僕は大声をあげた。「警察は真犯人を逮捕したのですか？」

「そうではない。しかし、二週間前から、警察では君を容疑者のリストから除いている」

「なぜです？」僕は驚いて尋ねた。

「その理由は主として、わしがスカッダーから手紙を受けとったことによる、わしはスカッダーのことは多少知っていたし、彼に仕事をいくつかしてもらったこともある、あれは半ば奇人で、半ば天才だったが、とにかく誠実な男だった。ただ何をするにしても、ひとりでやらなければおさまらんという点が欠点だった。そのために、秘密情報部員としては、ほとんど使いものにならぬ――あれだけの才能を持ちながら、惜しいことだった。わしは、あれを世界一、勇気のある男だと思っている。いつも恐怖におびえてはいたが、いかなることがあっても、手をひかなかった。わしは、五月三十一日に手紙をもらったのです」

「ですが、スカッダーはその一週間前に死んでおりますよ」

「手紙は二十三日に認められて、投函されたのだよ。明らかに、彼はすぐに兇刃に倒れることは予期していなかった。彼の手紙はスペインあての封筒に入れられて、それからニューカッスルに届くので、いつもわしの手もとにくるのに、一週間はかかるのだ。彼は、自分の足どりを隠すことにかけては、ご承知だろうが、偏執狂（マニア）でしたからな」

「その手紙の内容は？」と僕は口ごもった。

「べつにこれと言うことはなかった。ただ、いま危険に直面しているが、信頼すべき友人のもとにかくまわれている。六月十五日前には連絡するから、ということだった。住所は明かさなかったが、ポートランド・プレースの近くにいると書いてあった。おそらく、万一の場合に、君に嫌疑がかからぬようにという配慮から、手紙を書いたものでしょう。わしはそれを受けとると、スコットランド・ヤードへ出向いて、検屍審問(インクエスト)の詳細を調べ、君が、その友人であるという結論を得たのです。われわれは君を調査しましたよ、ハネー君、そして、君がりっぱな人物であることを確かめた。わしは君の失踪(しっそう)の動機は――単に警察からだけではなく、同時に、べつな敵からのがれるためだろうとにらんだ。だからハリーの手紙をもらった時には、そのあとのことは察しがついた、というわけです。わしは先週来、君の到着を心待ちにしておった」

このことばを聞いて、僕がどれほど心の重荷をおろしたか、読者にも想像がつくだろう。ふたたび自由の身になったのだ。こうなれば僕は、祖国の敵と戦うだけで、祖国の法律には触れていないのだ。

「それでは、その手帳を拝見しますかな」とウォルター卿は言った。

手帳を読みとおすには、かなりの時間がかかった。僕が暗号を説明すると、卿はすぐにそれをのみ込んでしまった。卿は数カ所、誤りを指摘したが、だいたいにおいて僕はかなり正確に読んでいた。読了する前には、卿の顔は非常にこわばっていたが、そのあとでは、黙念としていた。

「わしはどうこれを受けとってよいのか、わからん」と卿はやっと口を開いた。「スカッダーは一つのことについては正しい――つまり、あさってになれば、何か起こるという点についてはね。しかし、いったい、やつはどこからこの情報を手に入れたのかな？　じつに物騒(ぶっそう)せんばんなことだ。しかし、戦争とか〝黒い石〟とか――まるで、できの悪いメロドラマを読むようなもんですな。わしが、もっとスカッダーの判断を信用できればともかく、問題は、彼があまりにもロマンチックにできすぎている点にある。芸術家的な性格で、現実の事実を脚色して見たがるのです。妙な偏見も持っていましたな。たとえばユダヤ人は赤に見える。ユダヤ人と金融資本は」

「黒い石（ブラック・ストーン）」と卿はくり返した。「Der（デア） Schwarzesstein（シュヴァルツエススタイン）（黒い石）。まるで三文小説だ。カロリデスの件にしても、またしかり。これが、またスカッダーの話の弱点です。あの高傑なカロリデスは、われわれよりも長生きするかもしれんですよ。ヨーロッパには、カロリデスの死を欲するような国はありません。そのうえ、彼はベルリンとウィーンに調子を合わせたので、うちの外相（チーフ）は心中穏やかでないのです。どうみても、この点は、スカッダーの見当ちがいだ。正直に言って、ハネー君、わしはスカッダーの話のこの点は信用しない。何か下劣な陰謀がたくまれていたのでしょう。スカッダーは、それに深入りして、命を落としたのです。わしは首をかけてもいいが、これはありふれたスパイ事件だ。あるヨーロッパの強国が、道楽にスパイ網をひろげているが、その手口は、べつにとりたてて言うほどのものでもない。その国は、請負仕事で報酬を払うので、一つ二つの殺人などには、悪党どもは手を出しますまい。彼らは、英国の海軍の配置状況を知りたがっているが、そんなものは、ただ連中の整理箱の中に納まるだけのことで、べつにそれ以上の意味はありはせん」

　ちょうどその時、執事が部屋へはいってきた。

「だんな様、ロンドンからの長距離電話でございます。エース様が、じきじきにお話し申しあげたいとのことで」

ウォルター卿は電話を聞きに行った。

五分ほどしてもどって来たが、その顔からは血の気が失せていた。

「わしはスカッダーの霊にあやまらなければならぬ。カロリデス首相は今晩、七時すぎに射殺された」

Ⅷ　黒い石の来訪

夢も見ずにぐっすりと八時間眠ったあとで、翌朝、朝食におりて行くと、ウォルター卿がマーマレードをつけたマフィンの食事をしながら、暗号電報を翻訳している最中だった。きのうにくらべると、その顔のつやはすこしさえなかった。

「君がベッドへはいってから、電話をかけるので、てんてこまいでした。外務大臣をつかまえて、海軍大臣と陸軍大臣に伝えてもらうように話したのです。そこで、当局はフランスのロワイエ将軍を即日、英国へ招くことにしたのだが、この電報は、そのことを確認したものです。ロワイエは五時にロンドン着の予定でね。フランスの参謀次長のことを、〝食用豚(ポーカー)〟とは妙な暗号ですな」

彼は僕に熱い料理を出すように命じてから、話を続けた。

「そうは言っても、わしには暗号の変更が有効だとは思えない。君のお友だちが、最初の暗号の配列を発見するほど、抜け目がないのなら、その変更を見破るのはいとも簡単でしょう。いったいどこから機密は漏洩(ろうえい)するのか、それを突きとめられるなら、わしは自分の首をやってもいいくらいだ。ロワイエ訪英の件を知っている人間は、英国には五人しかないし、フランス側ではもっと少数の人間しか知らんでしょう。フランス人は、こうした機密の保持は、われわれよりじょうずですからな」

僕が食事している間じゅう、ウォルター卿は驚くほど、僕に全面的な信頼を示して、話を続けた。

「兵力の配置は変えられないのですか？」と僕は質問した。

「できますがね、なるべくなら避けたいのだ。万全の考慮をはらったあとで、とられた措置だから、変更は好ましくない。それに、一、二点を変えるということはまず不可能です。ただし、絶対に必要ということになれば、なんらかの処置はとられると思うが。しかし、ハネー君、君にもそのむずかしさがおわかりだろう。われわれの敵はロワイエの懐から書類をすりとったり、ないしはそういう児戯に類することをするような馬鹿者ではない。そんなことをすれば、大騒ぎになって、われわれを警戒させてしまう。やつらのねらいは、われわれがひとりとして気づかぬうちに、詳細な情報を入手することにある。そうなればロワイエは、万事がいぜんとして極秘裡にあるものと信じてパリへ帰る。もしそうならなければ、つまり失敗したことになる。ひとたび、われわれが疑いを抱けば、やつらは全計画が変更されるにちがいないことを知るでしょうからな」

「だとすると、そのフランスの高官が帰国するまでは、厳重に護衛する必要がありますね。もしやつらが、パリで情報を入手できると判断したら、パリで決行するでしょう。したがって、やつらがロンドンでやろうというからには、成功の目算がある綿密な計画をたくらんでいることを意味しますね」

「ロワイエ将軍は外務大臣と晩餐(ばんさん)を共にして、それから拙宅で、四人の人物と会う予定です――海軍省のウィテカー、わし自身、アーサー・ドルー卿それにウィンスタンリー将軍です。海軍大臣は目下病気で、シェリンガムへ引きこもっている。わしの家で、ロワイエはウィテカーから、ある書類を受けとって、その足で、自動車に乗ってポーツマス軍港へ行き、そこから駆逐艦でル・アーヴル港へ向かう手はずなのだ。彼の旅行はあまりにも重要なので、ふつうの旅客船に乗るわけにはいかんのです。ロワイエが無事にフランスの土をふむまでは、一時といえども警護の目をゆるめるわけにはいかん。ロワイエに会うまではウィテカーとて同様です。われわれはベストをつくしたから、万一にも手ぬかりがあるとは思えない。ところがわしは自分でも、どうも神経質になっているのを認めざるをえないありさまでね。カロリデスの暗殺は、ヨーロッパ政界を混乱させるだろう」

朝食がすむと、ウォルター卿は車の運転ができるか、と僕にきいた。

「それなら、ひとつきょうはわしの運転手になって、ハドスンの制服を着ていただこう。君はあれと同じくらいの体格ですな。君もこんどの計画には一枚加わっているから、われわれは慎重を期さねばならぬ。なにしろわれわれにはむかっているのは死にもの狂いの連中で、やつらは、過労のため山荘で休養している一官吏などいたわる気持は、もうとうないからね」

僕はロンドンに来た当初、自動車を購入して、イングランド南部を乗りまわして楽しんだことがあるから、そのあたりの地理なら多少、心得ていた。バース・ロードを通って自動車はかなりのスピードを出して、ウォルター卿を運んで行った。そよとの風もない六月の朝で、やがてむし暑くなりそうな気配の日だった。しかし、涼しそうに水をまいた道路を飛ばして、小さな町を過ぎ、テームズ河畔の夕の庭園を風をきって行くのは爽快このうえなかった、アン女王門にある自邸でウォルター卿を、まさに予定時刻どおり、十一時半におろした。執事は荷物をもって、あとから汽車でくることになっていた。

ウォルター卿は、まず最初に、僕をスコットランド・ヤードに連れて行った。そこで、きれいにひげをそって、法律家のような顔をしたかたくるしい紳士に面会した。

「ポートランド・プレース殺人事件の犯人を同行したよ」これがウォルター卿の紹介の辞だった。

その紳士は苦笑いして、それに答えた。

「もっと以前なら、よろこんでちょうだいしたところだね、バリヴァント。このかたは、お見受けしたところ、リチャード・ハネー氏らしいな。僕の部下を数日間、さんざっぱらおもしろい目に遭わせてくださったおかただね」

「ハネー氏は、もう一度、おもしろい目に遭わせてくださるよ。実はある重大な理由から、ハネー君はむこう二十四時間、話を聞かせることはおあずけにしなければならないが、そのあとなら、おもしろくて、しかもためになる話をお聞かせすることをお約束できる。ハネー君に、今後はけっして警察から煩わされることはないという言質をあたえてもらいたいのだ」

その保証は、即座に得られた。

「あなたは従前どおり、もとの場所で生活を続けてくださって結構です」そう僕は言ってきかされた。

「おそらく、続けて借りる気はおありにならんでしょうが、例のあなたの部屋(フラット)は、そのままになっているし、召使もひき続いて住んでいる。ハネーさん、あなたは公式に告発されたわけではないから、あらためて公式にその取り消しをなさる必要もないでしょう。しかし、もちろんそれをやるやらないはあなたのご自由です」

「いずれ君の助けを借りるかもしれんよ、マクギリヴレー」ウォルター卿は帰りしなに言った。

そのあとで、卿は僕を自由にしてくれた。

「ハネー君、あす、わしのところに来てください。いうまでもないことだが、例の件は極秘に願いますぞ。もしわしが君だったら、今までの睡眠不足をとり返さにゃならんから、さっさと、ベッドにもぐり込むね。なるべく人目に立たんようにね。〝黒い石〟の一味に見つかると、またうるさいことになるから」

僕は妙にとほうにくれたような感じだった。初めは自由の身になって、どこへでも大手をふって行けることが、むしょうにうれしくてならなかった。警察から指名手配をされたのは、わずか一カ月にすぎないが、もうこれ以上はごめんこうむりたい。僕はサヴォイ・ホテルに行って、最上等の昼食をたんねんに選んで注文し、それから、ホテルで買える最高級の葉巻をふかした。だがいぜんとして落ちつかなかった。サロンで他人から見つめられると、顔に血がのぼって、殺人犯だと思われているのじゃないか、などと感じるしまつだった。

そのあとでタクシーを拾って、ロンドンの北区を数マイル走らせた。帰りは、野原や、別荘とテラスの並ぶ地域や、貧民窟(ひんみんくつ)や裏通りを通って来たが、ほとんど二時間ちかくかかってしまった。

その間に僕のいらだちは、しだいにつのってきた。重大な事件、驚天動地の大事件がすでに勃発(ぼっぱつ)しているか、あるいは勃発せんとしているのに、自分は仲間はずれにされている、という感じである。今ごろロワイエ将軍は、ドーヴァーに上陸しているだろうし、ウォルター卿も、こんどの密議に参画する少数の政府の要人と計画を練っているころだろう。そして姿なき「黒い石」は、どこかで暗躍しているにちがいない。僕は危険と切迫した災厄の気配をひしひしと感じた。そして、それを阻止できる人間は、それと取り組める人間は、自分をおいてはほかにないという奇妙な確信も抱いていた。だが僕はそのゲームからとり残されている。といって、文句を言う筋合のものでもあるまい？　閣僚たちや陸海軍のお歴々が、その会議に僕を参加させることを認めるはずがないだろう。

　僕は三人の敵のうちのだれかにばったり出会ったらいいのにと、本気で願いだした。そうなれば、また新しい事態が生ずるにちがいない。僕はむしょうに、やつらを相手に野蛮ななぐり合いをしたくなった。なぐってなぐって、たたきのめしてやるのだ。急激にとげとげしい気分になっていった。

　自分の部屋(フラット)へ帰る気にはなれなかった。いずれ帰らねばならぬとしても、今のところはまだふところが暖かいから、それは明朝のことにして、今晩はホテルで過ごそう。

　僕の焦躁感は、ジェルミン通りのレストランで夕食をしたためているあいだも、ずっと続いた。もう空腹感もどこかへ消しとんでしまったので、幾皿も手をつけずにさげさせてしまった。バーガンディの葡萄酒の大半を飲んでみたが、いっこうに気勢があがらなかった。手のつけられぬほどの不安感にとりつかれてしまったのだ。僕という男は平凡な人間で、特別な才覚もないが、それでも、とにかく今回の計画には、僕が手を貸さなければならないのだ——さもないと、収拾のつかないことになる、という確信があった。僕は自分に、大英帝国の権力を背後にもつ四、五人のもっとも頭の切れる人物が、この仕事を担当しているのだから、そんな考えを抱くのは、実にこっけいなことだと、言いきかせた。だがそれでもまだ釈然としなかった。まるで僕の耳もとで、だれかが〝奮起せよ、さもないとおまえは一生後悔するぞ〟とささやき続けているみたいだった。

とどのつまり、九時半ごろになって、僕はアン女王門に行く決心をした。おそらく招じ入れてはもらえないだろうが、それでもやるだけやれば、気がすむだろう。

ジェルミン通りを歩いて、デューク通りのかどにくると、青年たちの一行とすれ違った。夜会服に身を包んだ連中で、どこかで食事をすませ、これからミュージック・ホールへ行くところらしい。その中のひとりが、例のマーマデューク・ジョプリーだった。

彼は僕に気がつくや、急に足をとめた。

「ひえ、人殺し!」と彼は大声をあげた。「おい、みんな、こいつをつかまえるんだ! やつはハネーだぞ、ポートランド・プレース殺人事件の犯人だぞ!」ジョプリーが僕の片腕をつかまえたので、ほかの連中がぐるっととり囲んだ。

ごたごたに巻き込まれる気はなかったが、いらいらしていたので、僕はとんでもないことをしてしまった。巡査がひとり駆けつけて来たから、彼に真相を説明して、信用してもらえなかったのなら、スコットランド・ヤードなり、もよりの警察署なりへ同行するように要求すればよかったのだ。ところがその時は、そんなことで時間をつぶすのはがまんならないような気持になっていたし、おまけにマミーのあほう面を見るとむかむかしてしまった。僕は腕をふりほどいて、一発くらわした。やつがもんどり打ってみぞにころがり込むのを見て、大いに溜飲をさげた。

そうなると、てんやわんやの大騒ぎだった。青年たちはいっせいにとびかかって来るし、巡査は背後からかかってくる。僕はあざやかなパンチを一、二発、くらわせた。だからやろうと思えば、相手を全部たたきのめすこともできたのだが、巡査は背中から組みついてくるし、連中のひとりは僕ののどを指でしめつける。

どす黒い憤怒の雲をとおして、僕は巡査がこれはどういうわけですか、と詰問する声と、マミーが折れた歯のあいだから、こいつは人殺しのハネーだと、叫んでいる声が聞えた。

「何を言うか、この野郎」と僕はどなった。「そいつのへらず口を黙らせてくれ。おまわりさん、僕を放したほうがいいぜ。スコットランド・ヤードは僕のことをすっかり承知してるんだ。僕のじゃまをすると、君は大目玉を食うぜ」

「いっしょに来ていただきましょう」と巡査は言った。「あんたがこのひとをいきなりなぐったのを私は見届けました。それにこのかたが何もしないのに、あんたのほうで先に手をだしている。おとなしくついて来たほうが身のためですぞ。さもないとあんたを逮捕しなければなりません」

激怒と、何がなんでも遅れてはならぬという圧倒的な考えが、僕に雄象のような力をあたえた。僕は巡査にみごとな足払いをくらわせ、カラーをつかんでいた男をたたきつけて、いちもくさんにデューク通りを走り出した。警笛がなり、背後から男たちが追跡してくる足音が聞こえた。

僕はかなり駿足(しゅんそく)のほうだが、それにしても、その晩はまるで翼が生えたようだった。あっという間に、ペルメルにはいり、セント・ジェームズ公園のほうに曲がった。宮殿の門衛の警官を巧みにかわして、公園の遊歩場の入口に群がっている馬車の間をくぐり、追跡者たちが車道を渡らぬうちに橋のほうへ向かった。公園の広々とした通りへはいるや全速力を出した。幸い、そのあたりにはあまり人気がなく、止めだてするような人間はひとりもいなかった。僕はすべてをアン女王門にたどりつくことにかけていた。

静かな往来へはいった時には、あたりはまったく森閑としていた。ウォルター卿の屋敷は、狭い地区にあって、邸前には三、四台の自動車が停車していた。屋敷から数ヤード手前で速力をゆるめ、入口に向かって足ばやに歩いて行った。もし執事が僕を招じ入れるのを拒んだり、あるいはドアをあけるのに手間どったりしたならば、万事休すである。

執事は遅れなかった。呼鈴を鳴らすか鳴らさぬうちにドアがあいた。

「ウォルター卿にお目にかからなければならん」と僕はあえいだ。「一刻をあらそう急用なんだ」

執事は偉い男だ。顔の筋一つ動かさずに、ドアを僕の背後で閉ざした。

「ウォルター卿はお仕事中なので、どなたもお取り次ぎするなということばです、お待ちいただきたいと存じます」

屋敷は古風なつくりで、広いホールの両側に部屋があった。ホールの奥には小部屋があって、電話と椅子が二脚おいてあった。執事はそこにかけるようにと、僕にすすめた。

「いいかい」と僕は声をひそめた。「ちょっともめごとがあって、僕はそれに巻き込まれてしまった。ウォルター卿はご承知のことだし、僕は卿のために働いている。もしだれか来て、僕がここにいるかときいたら、うそをついてもらいたい」

執事はうなずいた。まもなく、往来ががやがやして、ベルがけたたましく鳴った。僕はこの執事ほど見あげた男を知らない。彼はドアをあけ、彫像のような顔をして、質問を待ち受けていた。それから質問に答えた。この屋敷がだれの邸宅であるか、どんな命令を受けているかを告げて、彼らをあっさりふるえあがらせ、しきいから退却させてしまったのだ。僕は小部屋から、そのようを全部みることができた。芝居よりもおもしろい光景だった。

待つほどもなく、また玄関のベルが鳴った。こんどの訪問者は、いともあっさりと迎え入れられた。

訪問者がコートを脱ぐあいだに、僕はそれがだれだか見てとった。新聞や雑誌を見れば、必ず出ている顔だ――鋤(すき)で刈り込んだような白いあごひげ、ひきしまった闘争的な口もと、ずんぐりした四角い鼻、そして青い鋭い目。それはほかならぬ、新時代の英国海軍育ての親と言われる海軍大臣その人ではないか。

彼は僕のいる小部屋の前を通って、ホールの奥の部屋へ案内されて行った。ドアがあくと、低い話し声が耳についたが、ドアがしまると、また僕はひとりとり残されてしまった。

二十分ほどそこにすわって、次に何をなすべきかと、考えてみた。いぜんとして、自分はなくてはならぬ人間だ、という確信はあったが、さてそれはいつの話で、どんなふうにそうなるのかというと、かいもくわからなかった。僕は時計とにらめっこをした。やがて時計が十時半をさし

たころ、まもなく会議が終わるだろうと考え始めた。十五分以内にロワイエ将軍は、ポーツマスへ行く道を自動車で飛ばしているはずだ……

その時、ベルの音が聞こえて、執事が姿を現わした。奥の部屋のドアがあいて、海軍大臣が出てきた。彼は通りすがりに、僕のほうを一べつした。一瞬、ふたりはたがいに顔を見合わせた。

わずか一秒くらいのできごとであったが、それでも、僕は心臓がとまるような気がした。僕はこの偉人に今まで会ったことはないし、相手のほうだって、僕の顔を知らないはずである。ところがその一瞬のうちに、何かがその人物の目にひらめいたのだ。それは僕に気づいた目の色だった。絶対にまちがうはずはない。火花のように一瞬きらめいた、ごくささいな光にすぎなかったが、あることを、ただひとつのことをそれは意味していた。とっぴな空想に、僕の頭が混乱しているまに、大臣の背後でドアのしまる音が聞こえてきた。

僕は電話線をとりあげて、海軍大臣邸の番号を捜し出した。電話はすぐに通じて、召使の声が聞こえた。

「閣下はご在宅でしょうか?」と僕はきいた。

「三十分ほど前にお帰りになりまして、おやすみになられました。今晩はご気分が悪かったのです。何かご伝言でもございましょうか?」

電話を切って、僕は椅子の中に倒れ込んだ。こんどの計画における僕の役割はまだすんでいなかった。危機一髪のところで、間に合ったのだ。

一刻も猶予がならない。それで僕は、ずかずかと、奥の部屋に進んで、ノックもせずに中へはいった。あっけにとられた五人の顔が、丸テーブルから僕を見あげていた。ウォルター卿と、写真で見おぼえのある陸軍大臣、海軍省の高官ウィテカーらしきやせ型の老紳士、それに額に長いきずあとがあるのでそれとわかるウィンスタンリー将軍がすわっている。五人目は灰色の口ひげと毛虫まゆ毛の小がらながっしりした人物で、話の最中に腰を折られたところだった。

ウォルター卿の顔には驚愕と当惑の色が浮かんだ。

「これがさきほどお話ししたハネー氏です」彼は同席の人々に、弁解するように言った。「ハネー君、この訪問はちと時をわきまえないようだが」

僕は冷静をとりもどしていた。

「それはあとになってみなければわかりません。私はすんでのところを間に合ったのかもしれないのです。お願いですから、みなさん、今しがたここから立ち去ったのはどなただか教えてください」

「アロア閣下だ」怒りに顔を紅潮させてウォルター卿が言った。

「違います」と僕は叫んだ。「生き写しですが、アロア閣下ではありません。あれは私を知っている人間、先月私が会ったことのある男です。あの男が玄関を出るや、私はアロア閣下のお宅へ電話しました。閣下は三十分前に帰宅されて、すでに床におはいりになったとのことでした」

「な、なに者なんだ――」とだれかがどなった。

「黒い石です」と僕は大声を出した。そして、つい先刻、空席となったばかりの椅子に腰をおろして、五人のぎょうてんした紳士を見まわした。

Ⅸ　三十九階段

「ばかばかしい！」海軍省の高官が吐きだすように言った。ウォルター卿は立ちあがって、部屋を出て行った。そのあいだ、残された人々は放心したようにテーブルを見つめていた。ウォルター卿は十分ほどすると暗い顔つきでもどって来た。

「アロアと話してきた。ベッドから引っぱりだしたので――ひどくふきげんだった。マルロスの晩餐会(ばんさんかい)からまっすぐに帰宅している」

「だが、それは気違いざたじゃ」とウィンスタンリー将軍がつっかかった。「君はあの男がここに来て、わしの隣りに半時間ちかくも腰をおろしておったのに、わしがにせ者だと見破らなかったというのかね？　アロアはきっと頭がどうかしておるんだ」

「じつにあざやかな手口じゃありませんか」と僕は言った。「あなたがたは、ほかのことに熱中するあまり、全然注意をはらわなかったのです。アロア閣下だと思いこんでしまったのです。もしこれがほかの人物でしたら、もっと注意して見たかもしれません、しかし、アロア閣下なら、この席に顔を出すのは当然ですから、それで手もなくころりとやられてしまったのです」

するとフランスの将軍が、ゆっくりと巧みな英語で話し出した。

「この若いかたのお話はもっともです。心理の解釈もみごとです。われわれの敵はひとすじなわではいかんやつらだ……」

彼はひいでたまゆを一同にむかってしかめてみせた。

「おもしろい話をお聞かせしましょう。アフリカの仏領セネガールで、以前に起こったできごとです。そのころ私は奥地の駐屯所に勤務しておりまして、よく時間つぶしに、バーベルという大魚を釣りに行きました。小さなアラビア馬がいつもおともで、昼飯のバスケットを運びました――その当時、ティンブクトゥーで手にいれることができた免役の茶褐色の馬でしたが。さて、ある朝のこと、魚のほうはよく釣れたのですが、馬のほうが妙に落ちつかんのです。鼻をならしたり、いなないたり、足ぶみをしたりするのが聞こえるのですが、なにしろこっちは魚釣りに一心不乱、うわの空で、おちつくように声をかけてやっておりました。二十ヤードほど先へつないである馬が、自分の目のはしに終始、見えている――つもりだったのです……。二時間ほどたってから、私は空腹を感じたので、釣りあげた魚を防水袋に集めて、川沿いに釣り糸を流しながら、馬のいるほうに行きました。さて、馬の背に袋をのせようとすると……」

フランス人は一息入れて、一同を見まわした。

「あるにおいが、私に警告をあたえたのです。背後をふり返ると、三フィートのところで、ライオンと顔をつき合わせているではありませんか……。その辺一帯で人食いライオンとして恐怖の的になっていたやつです……ライオンの背後にあるのは血だらけの骨と皮だけの馬の残骸でした」

「それからどうしました」と僕はきいた。僕もその話を聞いて、実話だとわかるだけの狩の経験は持ち合わせている。

「私は釣りざおをライオンのあごにつっ込んでピストルを抜きました。従僕たちも、ライフル銃をもって、すぐ駆けつけてくれました。しかし、ライオンは、こんなおみやげを置いていきましたよ」彼は片手をあげたが、指が三本欠けていた。

「こういうことなんですな、つまり小馬は一時間以上も前に死んでいて、それ以来ずっとライオンは、執拗に私をねらっていたのです。私のほうは小馬のいら立つのには馴れっこになっていましたから、馬が殺されたのも知らないし、食べられたのにも気がつかなかった。それというのも、私の意識では、小馬は常に黄褐色をした、ある存在にすぎなかったところへもってきて、ライオンがちょうどそれと入れ替ってしまったのですね。人間の感覚が鋭敏になっている未開の蛮地ですら、こうした失策を犯したのですから、この多忙で仕事に追われているわれわれ都会人が、同じようなまちがいを犯したとしても、さして不思議ではあるまいと思います」

ウォルター卿はうなずいた。ひとりとしてフランス人に反駁する者はいなかった。

「それにしても、わしにはのみ込めん」とウィンスタンリーが言い張った。「やつらの目的は、われわれに悟られぬように、兵力の配置情報を入手することだろう。こうなっては、とるべき道はただ一つ、われわれの中のだれかが、このペテンを暴露するためにアロアに今晩の会談のことを報告することじゃ」

ウォルター卿は冷笑した。

「やつらがアロアを選んだのは、炯眼そのものだよ。いったい、この席のうちのだれが、アロアに今晩の顚末を説明するというのだね。だれが、この問題を持ち出すというのかね」

僕は海軍大臣が、寡黙と短気で有名なことを思い出した。

「それにしても解せんのは」とウィンスタンリー将軍が言った。「あのスパイ野郎がこの席へ来て、なんの足しになったのだろう？　いくらなんでも、数ページにわたる数字と妙ちきりんな名まえを、頭の中に入れて持ち出すことはできまい」

「それはむずかしいことではありませんよ」とフランス人が答えた。「優秀なスパイは写真機のような記憶力をもつように訓練されています。あの男は何も言わずに、くり返してこれらの書類を読んでいました。したがって、彼は細大もらさず、この書類を頭に刻み込んでいったものと考えたほうがよろしいでしょう。私も若いころにはそうした芸当をやったものです」

「かくなる上は、計画を変更する以外に手がありませんな」とウォルター卿は無念そうに言った。

ウィテカーは、ひどくふさぎ込んでいた。

「あなたはアロア閣下に事件の内容を話しましたかね？　話さなかった？　そうですか、何も私は確信があって言うわけではないが、それにしても、英国の地形を変えないかぎり、有効な作戦変更はできそうもないですな」

「それからもう一つ申しあげねばなりません」そう言ったのはロワィエ将軍だった。「あの男が同席しているあいだ、私は腹蔵なくしゃべりました。フランス政府の作戦計画についても、多少説明しました。私はそれだけは発表することを許可されておりました。しかし、あの情報は敵にとってははかりしれない価値があります。諸君、打つべき手はただ一つ、ここに来た男とその共謀者どもをひっ捕えることです。それも即刻に！」

「それはたいへんだ！」と僕は叫んだ。「手がかりが全然ありません」

「そのうえ、郵便がある」とウィテカーが言った。「今ごろ、このニュースは郵便で運ばれているだろう」

「それは違う」とフランス人が言った。「あなたはスパイの習性をご存じない。スパイは自分で直接、報酬を受けとるから、情報も自分の手から渡すものです。われわれフランス人は、あのてのやからについては多少心得があります。まだチャンスは残されていますぞ、諸君（メ・ザミ）。彼らは海を渡らねばならない。そうとなれば、船舶を捜索し、港湾を封鎖することもできる。これはフランスと英国の双方にとって、絶対に必要な手段です」

　ロワイエ将軍の落ちつき払った考えかたは、列席者一同の賛成を得たもようだった。彼は狐疑（こぎ）逡巡（しゅんじゅん）する人々の中にあって、ただひとりの行動人だった。だが、誰の顔にも希望の色は見えなかったし、私自身にしてもしかりだった。五千万人の人間の中から、むこう十二時間以内に、ヨーロッパ一の奸智にたけた三人の悪党を捕えるには、どこをどう捜したらいいというのか？

　その時、ふいに僕の頭にひらめいたものがあった。

「スカッダーのノートはどこです？」と僕はウォルター卿に言った。「急いでください。思い当たることがあるんです」

ウォルター卿は引出しの鍵をあけて、手帳を渡してくれた。

僕はそのページをひらいた。

「三十九段」と読みあげて、またくり返した。「『三十九段——わたしは数えてみた——満潮午後十時十七分』」

海軍省の高官は、まるで気違いでも見るような目つきで僕を見つめた。

「これが手がかりなんです」と僕は声をはりあげた。「スカッダーはやつらの根拠地を知っていた——名まえはあかしていないが、やつらがどこから英国を脱出するか、スカッダーは知っていたのです。あすがその日です。そしてその脱出地点は、午後十時十七分に満潮になる場所です」

「もう今晩、脱出したかもしれん」とだれかが口を出した。

「いや、しておりません。やつらは秘密の隠れ家も逃げ道もありますから、急ぐわけがありません。私はドイツ人というものを知っていますが、予定どおり行動することに執着する人種です。どこに行けば、潮の干満の時刻表が手にはいりますか？」

ウィテカーが活気づいた。

「よし、海軍省へ行こう！」

一同は待たせてあった二台の自動車に分乗したが、ウォルター卿だけは、卿の言によると——「警視総監を動かすために」——スコットランド・ヤードに向かった。

がらんとした廊下や、掃除婦(そうじふ)がせわしげに働いている空室をいくつか抜けて、われわれは壁ぎわに書物や地図のならんでいる小部屋にたどりついた。宿直の事務官が動員された。事務官はすぐに図書室から、海軍省干満時刻表を持ってきた。僕は机に腰をおろし、そのまわりを、ほかの連中がとりかこんだ。なんとなく、僕がこの探索を一手に引き受けたようなかたちだった。

しかし、うまくいかなかった。記載事項は数百もあって、しかも、目についただけでも、十時十七分満潮の地点は、五十カ所もある。なんとかして、調査の範囲を狭めるくふうをしなければならない。

僕は両手で頭をかかえ込んで考えた。この謎をとくなんらかの方法があるはずだ。スカッダーが階段と言ったのは何を指しているのだろう？　波止場の階段のことかとも考えてみたが、それならスカッダーが数字で表現するとは考えられない。おそらく幾つもの階段がある場所で、特にある地点に三十九の階段があって、ほかから区別できるということを意味するにちがいあるまい。

それからとつぜん、ヒントが浮かんだ。そこで全船舶の出入時刻表をしらべてみた。しかし、十時十七分に大陸に向けて出航する汽船はなかった。

なぜ満潮が重要なのだろう？　もし港だとすれば、潮の干満が関係のある小さな場所か、それとも吃水線（きっすいせん）の深い船を意味するのだろう。しかし、その時刻に出航する定期船は見あたらないし、またなんとなく、彼らが正規の港から、大型の汽船で旅行するとも考えられなかった。

したがって、潮が重要な関係をもつ小港か、それとも、全然、港ではないのかもしれない。

しかし、小港となれば、階段が何を意味するのかわからない。僕が今までにみた港で、階段の設備があるところなんかなかった。となると、それは特定の階段によって区別され、しかも十時十七分に満潮になる地点にちがいない。要するに、その場所は広い海岸線にあるはずだ。だが、

階段の件はいぜんとして、僕を悩まし続けた。

それから、僕はもっと広い角度から考察してみた。もしある男が大至急に、迅速かつ秘密の航海を望むとしたら、どの辺からドイツにむかって出航するだろうか？　大きな港からではあるまい。また、出発点がロンドンであるからには、英仏海峡や、西海岸やスコットランドからでもないだろう。僕は地図の上で距離をはかり、敵の身になって考えてみた。僕なら、オステンドかアントワープかロッテルダムにむかうから、クローマーとドーヴァーの中間の東海岸の地点から出航するにちがいない。

こうした結論はきわめて大ざっぱな推測だから、僕はべつにそれが巧妙だとか、科学的だとか主張するつもりはない。どうみても、僕はシャーロック・ホームズのがらではないからだ。しかし僕はいつも、こうした問題に関しては、一種独特の勘が働く男だと自分で信じていた。うまく説明できるかどうかわからないが、僕のやりかたは、まず最初にできるだけ頭を働かせ、行きづまってから推理を働かせるのだが、いつもながらそれはかなり正鵠（せいこく）を得るのだった。

というわけで、僕は海軍省の用紙に、自分の結論を全部書き出してみた。

かなり確実なこと

1　階段が数カ所にある地点。とくにそのうちの一つは三十九段ある。

2　満潮は十時十七分。満潮時にのみ離岸できる。

3　階段は波止場の階段ではない。したがってその地点はおそらく港ではない。

4　午後十時十七分出航の定期船なし。航海の方法は、不定期船（見込みなし）、ヨットまたは漁船のはず。

ここで僕の論証はとまってしまったので、べつなリストを作ってみた。冒頭に〝推定〟と見出しをつけたが、前のリストと同じく確信があった。

推定

1　その地点は港ではなく、広い海岸である。
2　小型の船――トロール船、ヨット、あるいはランチ。
3　クローマーとドーヴァーの中間にある東海岸のある地点。

大臣や陸軍元帥や、ふたりの政府高官、それにフランスの将軍に見守られて自分だけ机に腰をおろし、死んだ男の覚え書きから、英仏両国の生死にかかわるような秘密を探りだそうと試みているさまが、いかにもただごとでないのに僕は気がついた。
そのうちにウォルター卿も一座に加わり、ほどなく警視総監マクギリヴレーも到着した。総監は、僕がウォルター卿に人相を話した三人の男をおさえるべく、港湾と鉄道の駅を見張るように指令した。しかし、彼にしても、ほかの者にしても、それを有効な措置と考えていたわけではない。

「この手帳から精いっぱい引き出してみたのは、こんなところです」と僕は言った。

「海岸へおりて行く階段が数カ所あり、しかもその中の一つが三十九段ある場所をさがさなければなりません。私の考えでは、ウォシュ（英国東部の入江）と英仏海峡のあいだで、大きながけのある海岸のような場所だと思います。しかも明晩十時十七分に満潮になる地点です」

その時、ふと思いついた。

「沿岸警備隊員(コースト・ガード)か、それともだれか東海岸にくわしい人はいませんでしょうか？」

ウィテカーが、心当たりがある、その男ならクラパムに住んでいると言って、自動車でその男を迎えに出かけた。あとに残った一同は、小さな部屋に腰をおろして、思いつくままに話し合った。僕はパイプをくゆらして、頭が痛くなるほど、全部のことを再考してみた。あけがたの一時ごろ、警備隊員が到着した。海軍士官のような風采のりっぱな老人で、同席のお歴々に対して、ひどく礼儀正しかった。僕がでしゃばっては、彼が僭越(せんえつ)と思うかもしれぬと考えて、陸軍大臣に、質問をまかせることにした。

「がけのある東海岸の場所で、幾カ所も階段が海岸までついているようなところに心当たりがあれば、数えてもらいたいのだ」

彼はちょっと考えてから、

「どういう種類の海岸でございましょうか？　がけを切りひらいて道をつけたような場所はたくさんございますし、そうした道には、たいてい階段が一、二段ついております。それとも閣下のおっしゃるのは、正規の——いわば何段もある階段のことでしょうか？」

大臣は僕のほうへ顔を向けた。

「正規の階段です」と僕がかわって答えた。

彼は一、二秒考えこんだ。

「心当たりがあるかどうかわかりませんが、ちょっとお待ちください。ノーフォークのブラットルシャムですが――ゴルフ・コースのそばにそうした場所があります。ゴルファーが球を捜しに行くために、二組の階段がついておりますが」

「それではない」と僕は言った。

「そうだとすると、海浜の遊歩場でしたらたくさんありますが、そのことでしょうか。海沿いの行楽地には、かならず階段がついております」

僕は頭をふった。

「それよりもっとへんぴな場所のはずなんだ」

「そうなるとほかにはちょっと心当たりがございません。もちろん、ラフ岬（みさき）がありますが――」

「それはどんなところです」

「ブラドゲイトのそばのケント州の大きな白堊質（はくあしつ）の岬です。頂上には別荘が多く建っていて、海岸へ通じる私用階段を備えている家もいくつかあります。非常に高級な別荘地帯で、その辺の住民は、あまり近所づき合いを好まぬようです」

僕はめくる手ももどかしく時刻表をあけて、ブラドゲイトをみつけた。その場所の六月十五日における満潮は午後十時二十七分だった。

「とうとう手がかりをつかんだぞ」僕は興奮してさけんだ。「ラフ岬の満潮時はどうすれば、わかりますか？」

「私が存じております」と警備隊員が答えた。「私は以前、ちょうど六月にラフで家を借りておりまして、夜になるといつも深海魚釣りに参りました。あそこの満潮時は、ブラドゲイトより十分早いのです」

「もしラフの階段のどれかが、三十九段あれば、みなさん。私たちはこの謎を解いたことになります。ウォルター卿、あなたの自動車と、そこへ行く道筋の地図を拝借させてください。それから警視総監が、十分間、時間をくだされば、あすのために準備することができると思います」

こうした仕事を僕が担当するとは、こっけいしごくであったが、誰も気にするようすはなかった。そもそもの初めから、僕はこの事件に関係していたのだから、当然と言えるのかもしれない。そのうえ、僕は手ごわい仕事には慣れていたから、これらのお歴々は賢明にもそれを見抜いていたのだろう。僕にこの使命をゆだねたのはロワイエ将軍だった。

「私はこの仕事をハネー氏に一任するのに、異議はありません」と将軍が言った。

三時半、僕はマクギリヴレー氏の腕っこきの部下と自動車に乗りこんで、生垣の続く月明の街道を全速力で飛ばして行った。

X　海辺につどう人々

ピンクとブルーに色どられた六月の朝、僕はブラドゲイトの静かなる海に面したグリフィン・ホテルから、コック砂州に乗りあげた、まるで浮標（ブイ）くらいの大きさにしか見えない灯台船を眺めていた。そこから南へ二マイルほど先の海岸よりのところに、小型駆逐艦が投錨（とうびょう）していた。同行した警視庁のスケーフは、海軍にいたことがあるので、その艦のことを知っていた。そして、艦名と艦長の名まえを教えてくれた。僕はウォルター卿にその旨の電報を打った。

朝食後にスケーフは不動産屋から、ラフ岬の各階段の門の鍵を借り出してきた。僕はスケーフといっしょに砂浜を歩いて、彼が半ダースほどの階段を調査するあいだ、がけの岩かげに腰をおろしていた。人目に触れたくないと思っていたが、その時刻の海岸はまったく人けがなく、海岸にいるあいだじゅう、かもめが目にとまるだけだった。

スケーフは調査に一時間以上もかかった。紙片を読み返しながら、スケーフがこちらへ来るのを目にした時、僕は泣いていいのか笑っていいのか、わからなかった。すべては、僕の推理の正否が証明されることにかかっている。

スケーフはいろいろな階段の段数を、声高に読みあげた。「三十四段、三十五段、三十九段、四十二段、四十七段」そして最後に「二十一段」と言ったが、それはずっと低いがけにある階段のことだった。僕は立ちあがって、歓声をあげんばかりだった。

ふたりは急遽町に帰って総監に打電した。十二人の警官の派遣を要請して、それぞれ指定のホテルに分宿させるように指示した。それからスケーフは、三十九段の頂上にある屋敷を偵察に出かけた。

彼が持ち帰ったニュースは、僕を当惑もさせ、また安心もさせた。不動産屋の言によると、その家はトラファルガー荘と言い、アップルトンと言う隠退した株式仲買人の持ち家だった。アップルトン氏は夏場の大部分をそこで過ごすが、一週間ほど前から現にそこに来ているとのことだった。スケーフは家の持ち主については、ごくわずかの情報を入手しただけだった。すなわち、持ち主はとても上品な老人で、金銭はきちんきちんと支払い、この地方の慈善事業にはすすんで寄付をする人物だとか。そこで、スケーフは、ミシンのセールスマンに化けて、家の裏口にさぐりを入れたらしい。使用人はコックと小間使と女中の三人だけで、いずれも、中産階級の良家によくいるような、ありきたりの使用人だった。コックは口が軽いほうではなく、スケーフの目の前で、すぐにドアをしめてしまった。しかし、コックは何も知らないらしい、とスケーフは断言した。隣りには、新しい家が建築中で、トラファルガー荘を観察するには絶好の遮蔽物になっていた。対面の別荘は貸家で、庭は手入れもされぬままに、灌木が茂っていた。

僕はスケーフの望遠鏡を借りて、昼食前にラフ岬へ散歩に出かけた。別荘の並ぶ背後をうまく歩くようにして、ゴルフ・コースのはずれに、かっこうの観察地点を発見した。そこから眺めると、がけの上に続いている芝生の緑が見えた。芝生には、間隔をおいてベンチがおいてあり、さくでかこって樹木を植えた四角い場所もあった。そこから海岸へおりる階段がついていた。トラファルガー荘もはっきりと見ることができた。それはヴェランダつきの赤い煉瓦(れんが)の建物で、テニスコートが背面にあり、正面の庭には、海辺でよく見かける、マーガレットと、やせこけたジェラニウムの花が一面に咲き乱れていた。旗ざおも立っていて、大きな英国旗(ユニオン・ジャック)が、風の絶えた空に力なくたれていた。

まもなくだれかが家から出て来て、がけの上をぶらつくようすが見えた。望遠鏡をとりあげて見ると、白いフラノのズボンに紺サージの上着を着て、麦わら帽子をかぶった老人であった。双眼鏡と新聞をたずさえ、鉄のベンチの一つに腰をおろして、それを読み始めた。ときどき老人は新聞を下におろして、双眼鏡で海をうかがっていた。老人はしばらくのあいだ、駆逐艦を観察していた。三十分ほど僕は見張っていたが、やがて老人は腰をあげて、昼食をとりに家の中へはいって行った。そこで僕も昼食にホテルへ引きあげた。

確固たる自信はなかった。この上品なありふれた建物は、僕が予期していたものとはちがうのだ。あの老人は、おそろしい荒地の一軒家にいたはげ頭の考古学者かもしれないし、そうでないかもしれない。彼はまさしく、いたるところの郊外や行楽地で見かける、満ちたりた老人のひとりとしか見えない。もし、まったく無害な人間の典型を求めるならば、さしづめこの老人などは、それにピタリだろう。

だが昼食後に、ホテルのポーチにすわっていると、僕はまた元気を回復した。というのは、かねて待ち望んでいた、そして見のがすのをおそれていたものが目にはいったからだ。南のほうから一艘（いっそう）のヨットが現われて、ラフ岬のまん前にいかりをおろした。見たところ百五十トンほどのヨットで、その白い標識によって、艦隊に所属していることがわかった。そこでスケーフと僕は港に行って、午後の魚釣りのために船頭をやとった。

暖かい静かな午後だった。僕とスケーフはふたり合わせて二十ポンドばかりのたらを釣りあげた。ゆれ動く青い海原からは、さらに愉快な光景を見ることができた。ラフ岬の白いがけの上には、緑と赤の別荘がつらなっているが、その中からひときわぬきんでて、トラファルガー荘の大きな旗ざおが立っているのが目にとまるのだ。

四時ごろには、もうたっぷり釣りあげたので、僕は船頭にヨットの周囲をこぐように命じた。ヨットは、今にも飛びたたんばかりの美しい白鳥のように浮いていた。スケーフは、構造からみて、このヨットは快速船で、そうとうな馬力のエンジンを装備していると言った。船の真鍮（しんちゅう）の個所をみがいている男たちのひとりがかぶっている帽子を見て、ヨットの名前は〈アリアドネ〉号なることがわかった。僕がその男に話しかけると、男はエセックスの方言で答えた。もうひとりの男がやって来て、まぎれもないきっすいの英語で時間を教えてくれた。船頭が、連中のひとりと天気のことで言い合いを始めたので、数分間、われわれはオールを引きあげて、ボートをヨットの右舷船首のそばにつけた。

すると士官がひとり甲板を歩いて来たので、男たちは急に知らん顔をして、仕事に精出し始めた。士官は感じのいい清潔そうな青年で、われわれの釣りのことを、申しぶんのない英語で問いかけてきた。しかしその風采を見れば疑う余地がなかった。短く刈りあげた頭髪やカラーのカットやネクタイは、英国のものではない。

それが何かしら僕を安心させた。しかし、ブラドゲイトへこぎもどりながらも、例の執拗な疑惑の影はいっこうに消えなかった。僕がスカッダーから情報を仕入れたことはもとより、この場所をつきとめる手がかりも、スカッダーから得たことを敵が知っているのではないかという点が気がかりだった。もしスカッダーがこの手がかりをつかんでいたことを敵が知れば、予定の計画を変更することはないと言いきれまい？　危険をおかすことは、それだけ成功の可能性をすくなくすることだ。僕は昨晩、ドイツ人は計画に固執する人種だと自信ありげに語ったが、もし彼らが、僕に足どりをかぎつけられたことに気がつけば、計画を変更しないほうがおかしかろう。昨夜、大臣に化けた男は、僕が彼に気づいたことを悟っただろうか。なんとなく僕は、彼が悟ったとは考えなかった。そして、僕はその考えにかじりついた。だが本来ならば、あらゆる点から考えて、成功疑いなしとばかり、悦にいっているはずのこの午後くらい、すべての仕事が、むずかしく思われたことはなかった。

ホテルで僕は駆逐艦の船長と会った。スケーフが紹介してくれたので、二言、三言ことばをかわした。そのあとで、僕はトラファルガー荘を一、二時間見張ってやろうと考えた。

丘のずっと先の、空家の庭の中に場所を見つけた。そこからだと、コートでふたりの人間がテニスに興じているさまを、すっかり見てとることができた。ひとりは先刻見かけた老人で、もうひとりは腰のあたりに、どこかのクラブの記章をつけたスカーフをまいた青年だった。ふたりは、まるで一汗かくために、猛練習をしようとする都会人のように、夢中になって勝負していた。これほど罪のない光景はまず考えられない。ふたりは大声をあげたり笑ったりして、女中が取っ手のついたビールのジョッキを二つ、盆にのせて運んでくると、それを飲むために一息入れた。僕は目をこすって、自分自身に、おれは世界一の大馬鹿野郎ではあるまいかと、言いきかせた。スコットランドの荒地を、飛行機や自動車で僕を追跡した男たちは、そしてとりわけ、あの悪魔のような考古学者は、謎と暗黒の影に包まれていた。ああいう連中と、スカッダーを床にくしざしにしたナイフや、世界平和をくつがえそうとする邪悪な陰謀とを結びつけることはたやすい。しかし、ここにいるのは、無邪気な、スポーツに興じているふたりの善良な市民にすぎない。彼らはまもなく月なみな夕食をとり、室内にはいり、株式市況や、この前のクリケットのスコアや、生まれ故郷のうわさ話をすることだろう。禿鷹を捕えようと網を張ったのに、なんと二羽の肥えたつぐみが、まよい込んで来たというわけである。

ほどなく、第三の男が登場した。背中にゴルフ道具のバッグをかけて自転車に乗った青年だった。彼がテニスコートの芝生をぶらぶら歩いて行くと、ふたりの競技者は声をあげて出迎えた。ふたりはその青年に、冗談を言ったが、そのことばはどうみても正真正銘の英語だった。それから、肥満した男が、絹のハンカチで額の汗をふきながら、一風呂浴びないとたまらないと言った。その言葉が聞こえてきた――「まったく汗だくになっちまった。これで、体重もハンディも減るだろうよ、ボブ。あすはひとつ、いっしょにやろうぜ。ハンディを一つ君にやるからな」

三人はそろって家の中へ引きあげて行った。あとに残された僕は、おめでたい限りだった。こんどというこんどは、僕も見当ちがいをしたらしい。あの連中はお芝居をしていたのかもしれないが、もしそうだとすれば、観客はいったいどこにいるのだろう？　彼らは、よもや三十ヤード離れたしゃくなげの木かげに、僕がひそんでいたことは知るまい。あの活気のある三人の男は、どう考えても、見たとおりの人間——平凡で、競技好きで、別荘住まいの英国人、考えようによっては退屈な、小心翼々たる善人としか考えられない。

そうは言っても、現にここに三人の男がいるのだ。ひとりは老人で、ひとりはでぶ、ひとりはやせて浅黒い。彼らの別荘は、スカッダーの手帳と符合する。しかも半マイル先には、すくなくともドイツ人士官がひとり乗り込んだヨットが停船している。死体となって横たわるカロリデス首相や、大地震の寸前でふるえている全ヨーロッパや、次の数時間内に起こるできごとをじりじりしながら待っているお歴々のことが僕の頭に浮かんだ。おそるべき陰謀が、どこかで進行していることはまちがいない。黒い石は勝ったのだ。そして、もしこの六月の夜を無事にきり抜ければ、彼らはその報酬を銀行に預金することができるだろう。

ことここに至っては、とるべきみちは一つしかなさそうだ——すなわち、迷わずに突進することである。たとえ人の笑いものになろうとも、男らしくやるほかはない。僕は生まれてこのかた、これほど気の進まない仕事に直面したことはなかった。三人の陽気な英国人の快適な屋敷に踏み込んで、諸君、神妙にしたまえ、などと言うくらいなら、ピストルを手にした無政府主義者の巣窟に乗り込むか、突進してくるライオンに空気銃で立ちむかうほうが、まだしも気が楽だった。あの三人は、腹をかかえて、僕のことを笑うだろう。

しかしとつぜん、昔、ローデシアで、老ピーター・ピエナーから聞いた話を思い出した。この物語の中で、ピーターのことばは前にも引用したことがある。ピーターは僕の知るかぎりにおける、もっとも優秀なスパイだった。まともな人間になる前は、しょっちゅう法律の埒外(らちがい)にあって、その筋から追及されていた人間である。ある時、ピーターは変装の問題について僕と論じ合ったことがあるが、そのさい、彼は僕を感服させるような説を述べた。彼の言によると、指紋のように絶対的な確実性のあるものを除けば、単なる肉体的な特徴などというものは、その人間が自分の演ずる役割を充分に心得てしまえば、あまり役に立たないものだ、ということだった。ピーターは髪を染めたり、つけひげをつけたり、それに類するような、幼稚な変装を嘲笑(ちょうしょう)した。唯一の、かんじんかなめなことは、“Atmosphere”(アトモスフェール)(雰囲気のこと)だと言った。

もしある人間が、最初目撃された場所とは、まったくちがった環境にもぐり込むことができれば、——これが重要なことなのだが——できるだけ環境にとけ込むようにして、まるでその場所から離れたことがないようにふるまうことだ。そうすれば、世界一、頭の切れる探偵でも、ごまかせるはずだ、と言った。そして、黒い上着を借用して教会に行き、彼を捜している男といっしょに、同じ賛美歌の本をのぞき合って歌った経験談を、その好例としていつも持ち出すのであった。もしその男が以前に、ピーターを上品な人たちのあいだで見ていれば、彼に気づいただろうが、前に見た時は、ピーターが連発拳銃(レヴォルヴァ)で、居酒屋のあかりをつぎつぎに消しているところだったからである。

ピーターの話を思い出して、僕はその日はじめて、気を安めることができた。ピーターは煮ても焼いても食えない男だったが、僕が追跡している男たちも、一筋なわではいかないやつらだ。もしやつらが、ピーターの手を使っているとしたらどんなものだろうか。愚人は別人のふりをする。ところが賢者は、小細工をろうせずして、別人になりきる。

ふたたび、僕が道路工夫に化けていた時に参考になった、ピーターの別な格言が頭に浮かんできた。「もし君が、ある人物に化けているなら、君自身が、その人物になりきらなければ、化けおおせるものではない」

これで、テニス競技の説明がつくかもしれない。つまり、あの連中は芝居をする必要はなかった。ただハンドルをまわせば、べつな生活の中へとけ込んでしまうのだ。それは初めの生活と同じく、まったく不自然な点がない。陳腐な説明に聞こえるかもしれないが、これがすべての著名な犯罪者の秘訣（ひけつ）だと言うのが、ピーターの口ぐせだった。

そろそろ八時になるところだった。僕はホテルにひきかえして、スケーフに会い、彼の出すべき指令を伝えた。彼の部下の配置について打ち合わせてから、僕は夕食をとる気がしなかったので、散歩に出かけた。ゴルフ・コースを通って、別荘が並んでいる場所のむこうの北のほうへと崖を歩いて行った。新しく整備された小道で、テニスや浜辺から帰るフラノ服を着た人々、無電局から来た沿岸警備隊員や、家路につくロバと道化師の一行にも出くわした。青いもやに包まれた海上には、ヨット〈アリアドネ〉号が、そしてその南手には、駆逐艦の明りがきらめいていた。コック砂州のかなたには、テームズ河さして進む汽船の、さらに大きなあかりも見えた。すべての光景は、あまりにも平穏無事だったから、僕はますます意気沮喪（いきそそう）してきた。九時半ごろトラファルガー荘に向かって歩き出したが、そのためには、渾身の勇気をふるい起こす必要があった。
その途中で、子守り女の足もとをはねまわるグレーハウンド犬を見て、僕は多少なりとも救われる思いがした。それは、僕がローデシアにいたころ、飼っていた犬と、そして、その犬をつれてパーリ丘を狩猟してまわった当時のことを思い出させた。僕はかもしかや野がもを追っかけまわしていたのだが、ある時、かもしかを追跡しているうちに、僕も犬も、ついにそれを見失ってしまったことがある。グレーハウンドは視力で行動するし、僕も目はかなりきくほうなのに、そのかもしかは、こつぜんと視界の外に消えてしまったのだ。後刻、僕はその消失の謎をといた。かもしかが丘陵地帯の灰色の岩を背景にすると、雷雲を背にした烏と同じように識別しがたい。かもしかは逃げる必要はなかった。ただじっとそこに立ち止まって、背景の中にとけ込んでしまえばよかったのである。

　こうした回想が、あいついで脳裏をかすめていくうちに、ふいに僕は、現在の事件を、この寓意にあてはめてみた。「黒い石」は姿をくらます必要はなかった。音もなく、この土地の風物に溶け込んでしまったのだ。僕の捜査は正しかった。僕はそのことを頭の中に刻み込んで、二度と忘れまいと誓った。僕はピーター・ピエナーに感謝した。

　スケーフの部下たちが、今ごろは配置についているはずだが、人間の気配はまったく感じられなかった。トラファルガー荘は、だれでも観察できるように、開放的に建てられていた。三フィートのさくが崖の道から建物を仕切っていた。一階の窓は全部あけ放されて、シェードをした明りと、低い話し声は、家の人々が食事を終えたことを示している。すべてが開放的で、慈善バザーのように公明正大だった。世界一の大馬鹿野郎になったような気持で、僕は門をあけて、ベルを鳴らした。

　僕のように、世界じゅうの未開の土地を遍歴してきた男は、二つの階級——上流階級と下層階級と言ってもよいが——とは、完全にうまが合うものだ。こちらも相手がわかるし、相手もこちらをわかってくれる。羊飼いや浮浪者や道路工夫といっしょのときは、僕はなんの気がねもいらない。またウォルター卿や、昨夜会ったようなお歴々と同席しているときも、充分くつろいだ気分になれる。どういう理由によるものか、説明できないが、それは事実である。ところが、僕に理解できない人種がいる。それは、ぬくぬくと気持よさそうに満ち足りている中産階級の世界、別荘や郊外にすんでいるやからなのだ。彼らのものの見かたとか、しきたりというものを知らないから、僕は黒マンバ（南アフリカの毒蛇）同然、彼らを敬遠してしまう。

　アップルトン氏に面会を申しこむと、すぐ家の中に通された。僕の計画では、食堂へまっすぐ通されるだろうから、そこでいきなり姿を現わす。そのさい連中が僕に気づいて、ぎょっとすれば、僕の推理は裏づけられたことになるはずだった。ところが、小ぎれいなホールにはいってみると、僕はその場所に圧倒されてしまった。ゴルフのクラブやテニスのラケット、麦わら帽にふちなし帽子、ずらっと並んだグローブや散歩用のステッキの束など、英国の家庭でなら、どこでも見かけるようなものばかりが目につくしまつ。かしの箱の上には、きちんとたたんだ上着とレインコートが重ねてある。古風な背の高い時計もある。壁には長い柄のついた、よくみがかれた真鍮の湯たんぽや晴雨計や版画がかかっている。何から何まで、国教会みたいに正統(オーソドックス)な場所だった。小間使に名まえをきかれたとき、僕は反射的に本名を名のってしまった。そして、ホールの右手の居間に案内された。

その部屋は、なおさら始末が悪かった。よく調べる時間はなかったが、炉だなの上には、グループでとった写真が額に入れてあった。確かに英国のパブリック・スクールか、カレッジの写真だったが、ちらっと見たにすぎない。というのは、なんとか気をとりなおして、僕は小間使のあとを追ったからだ。だが、時すでにおそかった。小間使はすでに食堂にはいって、主人公に僕の名まえをとりついでいた。で、僕は、その時の三人の表情を見るチャンスを逸してしまった。

室内に足を入れると、テーブルの上座にいた老人は立ちあがって、僕を迎えにテーブルをまわってきた。老人は夜会服――短い上着に黒ネクタイ――を着ていた。僕はひそかにでぶと呼んでいた男も同じ服装だった。三人目の色の浅黒い男は、紺サージの背広に、白のソフトカラーで、どこかのクラブか学校の記章をつけていた。

老人の態度には非のうちどころがなかった。

「ハネーさんとおっしゃいますか?」とためらいがちに言った。「わたしになにかご用だとか? ちょっと座をはずすよ、諸君。すぐもどるから。なんなら居間のほうで、お話をうかがいましょう」

僕は一かけらの自信もなかったが、しいて勝負をつけることにきめた。椅子を引きよせて、僕は腰をおろした。

けた。

「あなたとは前にもお目にかかったはずだし、僕の用件もおわかりだと思いますが」と言っての

　室内の明りはうすくらかったが、僕が見たかぎりでは、彼らは、じつに巧みにとぼけた表情を顔に出していた。

「そうですかな」と老人が答えた。「私はあまりもの覚えがよくありませんので、とんと見当がつきません。恐縮ですが、ご用件をお話しいただけませんでしょうか」

「よろしい、申しましょう」と僕は口火を切った。しかし、われながら愚にもつかぬことを話しているような気がした――「僕はあんたがたの勝負が終わったことを知らせに来たのです。ここに、三人の逮捕状を持っています」

「逮捕ですと」老人は叫んだが、ほんとうにショックを受けたようすだった。「逮捕！　いったいなんの容疑です？」

「先月の二十三日、ロンドンでフランクリン・スカッダーを殺害したかどです」

「そんな名まえは初耳です」と老人はあっけにとられて言った。

　わきから浅黒い青年が口を出した。

「ポートランド・プレース殺人事件でしょう。僕は新聞で読みましたよ。しかし、あなたはまったくどうかしてますね！　どこから来られたのです？」

「スコットランド・ヤードからね」

　しばし、完全な沈黙が続いた。老人は、ぬれ衣を着せられて当惑している人間の見本よろしく

目の前の皿を見つめながら、くるみをいじっていた。

すると、でぶが口を開いた。彼は適当なことばを捜すかのように、ちょっと口ごもって、

「伯父さん、あわてることはありませんよ。なにか、ばかばかしいまちがいです。こうしたことは時たま起こりますが、簡単に誤りがわかるもんですよ。僕らの無罪証明はむずかしいことではありません。五月二十日なら、僕は英国にいなかったことが証明できるし、ボブは療養所にいた。伯父さんはロンドンに行っていたけれど、何をしていたかは、説明できますよね」

「そのとおりだよ、パーシー！　もちろん簡単にできるよ。あれはアガサの結婚式の翌日だね。考えてみよう、わしは何をしていたかな？　あの朝、ウォーキングからもどって来て、チャーリー・シモンズといっしょにクラブで昼飯を食べたっけな。それからと——あ、そうそう、漁業組合の人たちと夕食をしたんだ。その時のポンス（葡萄酒と砂糖、牛乳などを混ぜた飲料）が胸にもたれて、あくる日は気分が悪かったな。なんてことだ！　そこにある葉巻箱は、あの日もらってきたものじゃないか！」老人は卓上の葉巻箱を指して、神経質に笑った。

浅黒い青年が僕に向かって、ていちょうに言った。

「あなたの思いちがいであることが、これでおわかりになったでしょう。僕らは、すべての英国人と同様、警察に協力することはおしみませんが、スコットランド・ヤードが面目をつぶすようなことはさせたくありません。そうでしょう、伯父さん」

「そうだとも、ボブ」老人は生気をとりもどした。「わしらは、おかみのためなら、どんなお力ぞえでもする気でいるが、しかし——これはちとひどすぎるよ。わしはがまんできん」

「ネリーがさぞ笑うことでしょうね」とでぶが言った。「伯父さんは、いつも太平楽でいるから、いまにたいくつして死んでしまうわって、ネリーはいつも言ってましたからね。ところが、とうとう、念の入った大事件に巻き込まれましたね」そう言って、でぶはうれしそうに笑い出した。

「まさに、そうだね。まあ考えてごらんよ。これでクラブで話す絶好の話のたねができたというものだよ。まったくのところ、ハネーさん、わしは自分の潔白を示すためには、怒らなくてはならんところでしょうが、あまりばかばかしくて腹も立ちませんわ！　あなたにおどされたことも、帳消しになりそうなほどでな。あなたが、あまりむきになっておられるので、わしは、自分が夢遊病者で、知らぬまに、人殺しをしたのかと思いかねませんでした」

にくらしいほど真に迫っているので、これが演技だとは思えなかった。僕は毒気をぬかれてしまった。最初はよほど平あやまりにあやまって、ひきさがろうかとも考えた。だが、たとえ英国じゅうの笑い者になろうとも、とことんまで見とどけてやれ、と僕は自分に言いきかせた。食卓の上のろうそくの明りでは不充分だったので、僕は自分の困惑から立ちなおるために立ちあがって、ドアに歩みより、電灯のスイッチをひねった。とつぜん、明りがついたので、彼らは目をパチパチさせたが、僕は立ったまま、連中の顔を穴のあくほど見つめてやった。

ところが、収穫は皆無だった。ひとりははげ頭の老人、ひとりは屈強な男、ひとりは浅黒いやせた男。どこから見ても、スコットランドで、僕を追跡した三人の人間だという証拠はなかった。道路工夫に化けた時に、ふたりの男の目を見つめ、ネッド・エーンスリーになりすました時には、さらにべつな、ふたりの目を見ているくせに、どうしても得心がいかなかった。すぐれた記憶力できない。

と観察力の持ち主と自認しているくせに、われながらその理由がわからなかった。彼らはまさしく、申し立てのとおりの人間としか僕の目にうつらなかった。僕はその中のひとりとして、摘発できない。

快適な食堂の壁には、エッチングが飾られ、暖炉の上には、老婦人の肖像が置いてあった。荒地の兇漢とこの三人を結びつけるようなものは、なにも発見できない。かたわらに、銀の葉巻箱がある。見るとセント・ビード・クラブのゴルフ・トーナメントに優勝したパーシバル・アップルトン殿へ贈る、と刻まれてあった。僕はこの屋敷から自分が逃げ出さないように、ピーター・ピエナーの言葉を、お題目のように頭の中でずっとくり返し続けた。

「いかがです」と老人がていちょうに言った。「お調べになって、得心されましたかな」

僕はなんと答えてよいか、ことばが出なかった。

「わたしはあなたが調査なさって、その結果、このこっけいなお仕事を打ち切られるように希望しております。不平がましいことは申しませんが、それでも、こうしたことが無辜の良民にとって、どんなに迷惑しごくなものか、お察しはつくと思います」

僕は首を横にふった。

「なんたることだ！」と浅黒い青年が言った。「いくらなんでも、これはむちゃだ！」

「警察に同行せよとおっしゃるんですか」とでぶが口を出した。「それがいちばん、手っとり早いかもしれません。しかし、どうせあなたは、地方の警察署では満足されんでしょう。逮捕状とやらを見せていただく権利が、僕らにはありますが、そんなことを言って、あなたを中傷する気もありません。あなたはただ、ご自分の仕事を遂行されているだけですからね。しかし、それがひどくやっかいな立場だということは、お認めになるでしょう。これから、どうしろとおっしゃるんです？」

　こうなっては、警官たちを呼んで、彼らを逮捕するか、それともしっぽをまいて退散するか、二つに一つしか道はなかった。僕はこの場所全体から、明らかに罪のない雰囲気(ふんいき)から——単に潔白であるばかりでなく、手ばなしで当惑しきっている不安そうな三人の面持によって、催眠術にかけられたような気がした。

「ああ、ピーター・ピエナー」と僕は心の中でうめいた。一瞬、僕は自分を大馬鹿者と断じて、彼らの許しを乞いそうな気になった。

「どうです。ひとつ、ブリッジでもやりませんか」とでぶが提案した。「そうすれば、ハネーさんにも、その間とっくりと考えていただけるし、僕らも四人目のかたがほしかったので（ブリッジは四人いないとできない）、好都合なんです。ブリッジはなさるんでしょう？」

　僕はまるでクラブで、ありきたりの招待を受けたみたいに、それを受諾してしまった。すべてのことが、僕に催眠作用をおよぼした。一同は、カード・テーブルが用意された居間に行った。僕はタバコや酒をすすめられた。テーブルについたのも夢見心地だった。窓はあけはなされて、がけと海はこうこうたる月の光を浴びていた。僕の頭の中にも、月光がさしているみたいだった。三人の男はおちつきをとりもどして、気楽に——ゴルフ・クラブで耳にするような俗語まじりの話をかわしていた。うつろなまなざしで、額にしわをよせた僕は、妙にちぐはぐな存在だった。

僕のパートナー（ブリッジのさいふたりで組む相棒のこと）は、浅黒い青年だった。ブリッジにかけては、めったにひけをとらないつもりだったが、その晩はからきしだめだった。彼らは僕を煙にまいたと見てとるや、ますますくつろいだ気分になったらしい。三人の顔を眺めつづけたが、その表情からは何も手がかりはつかめなかった。僕は必死になってピーターのことばにしがみついた。

ふと、あることに僕は気づいた。

老人は葉巻に火をつけようとして、片手をおろした。しかしすぐには葉巻をとりあげないで、指で自分のひざをたたきながら、ちょっと椅子の背にもたれていた。

それは僕が荒地の一軒家で、背後からふたりの召使にピストルをつきつけられて、考古学者の前に立たされた時、目撃した動作だった。

ほんの一秒間くらい続いた、ささいな動作だったから、ふつうなら十中八九、カードに目を注いでいて、それを見のがしてしまったろう。しかし、僕は見のがさなかった。一瞬のうちに、空気がすみわたった。影のようなものが、頭の中からとりのぞかれていった。三人の男の正体を、僕は完全に看破した。

炉だなの上の時計が十時を告げた。

三人の顔が僕の眼前で変貌（へんぼう）して、その秘密を暴露した。青年のひとりは殺人者だ。今まで上きげんの表情しか見せなかった顔には、残忍冷酷な相が現われていた。この男のナイフが、スカッダーを床にくしざしにしたのにちがいない。この男のやさしい手から、カロリデス首相めがけて

弾丸が発射されたのだ。

　でぶの男の容貌は、見る見るうちに周囲がくずれて、また、べつな顔ができあがった。彼は顔のない人間だ。自由自在に変化できる百面相の持ち主なのだ。まったく申しぶんのない役者にちがいない。おそらくこの男が昨夜、アロア閣下に変装していたのだろう。そうだと断言はできないが、そんなことはもうどうでもよかった。この男が最初、スカッダーの跡をつけて、名刺をおいてきたのかもしれぬ。スカッダーは舌たらずの話しかたをする男だと言ったが、そういう口のききかたは、相手にあたえる恐怖に、さらにすご味を加えるだろう。

　しかし、老人こそ三人の中での傑物だった。氷のように冷たく、打算にたけた頭の持ち主で、血も涙もない残忍な人物だ。こうして、今、目からうろこが落ちてみると、前に見た仁愛の相などどこへ行ったのかと、いぶかしいくらいだった。あごは冷たい鋼(はがね)のようで、目は鳥のように、非人間的な輝きをおびていた。僕はそのままゲームを続けたが、刻一刻と憎悪の気持が心中でつのってきた。胸ぐるしくなって、パートナーが話しかけても、返事ができなかった、このままの状態では、これ以上長くは、同席できそうにもなかった。

「おや、ボブ！　時間をみてごらん」と老人が声をかけて、「そろそろ汽車に乗るしたくをしたほうがよさそうだよ。ボブは今晩、町まで行かなくてはなりませんのでな」と僕のほうを向いて、つけ加えた。今となっては、その声はうそもうそ、まっかなうそとしか聞こえなかった。

　時計を見ると、十時半ちかかった。

「その旅行はあきらめねばならんでしょう」と僕は言った。

「くそ！」青年が言った。「あの馬鹿話はもう、すんだものと思っていた、僕はどうしても、出かけなくてはならない。あなたに住所をお知らせするし、そのほか、なんでもお望みどおりの保証をあたえますよ」

「だめだよ。君は残るんだ」

そう言われて、やっと彼らもこの勝負に勝ち目のないことがわかったにちがいない。僕に、とんでもない見当ちがいをしているのだ、と思い込ませることが、彼らの唯一のチャンスであったが、それは失敗に終わった。しかし、老人は、また口を開いた。

「わしが甥（おい）の保釈証人になりましょう。それならご満足でしょう。ハネーさん」そのよどみのない声の中に、何かためらうような響きがあったと受けとったのは、僕の気のせいであろうか？いや、たしかにあったのだ。老人に目を向けると、彼のまぶたがたかのようにたれさがっていた。その恐ろしさは、僕の記憶にこびりついている。

僕は呼子を吹いた。

一瞬のうちに、明りが消えた。二本の強力な腕が、僕の腰にしがみついて、両のポケットを押えた。ピストルがはいっていると勘ぐったのだろう。

「急いで（シュネル）、フランツ、ボートへ、ボートへ」とだれかが叫んだ。その時、二名の警官が、月明りの芝生に飛び出して来た。

浅黒い青年が窓にかけより、そこから身をおどらせて、追っ手が追いつく前に、低いさくを越えてしまった。僕は老人と格闘した。部屋はたちまち人でいっぱいになった。でぶがえり首をおさえられている姿が見えたが、僕の目は、戸外へ釘づけになっていた。フランツが、海岸へおりる階段のてすりのある入口へと走っていた。警官がひとりその後を追っていたが、追いつけそうにもなかった。逃亡者の背後で階段の門がカチッとしまった。僕は老人ののどを手で押えながら、こうしているあいだにも、フランツは階段をかけおりて海に到着してしまうかもしれぬ、と考えて、立ったまま見つめていた。

　ふいに老人が、からだをふりほどいて壁に体あたりした。レバーを引いたように、カチッと音がした。地面のはるか下のほうから、低い響きが伝わってきた。そして階段の柱から、白煙がもうもうと吹き出したのが、窓ごしに見えた。

　だれかが、明りをつけた。

　老人はギラギラしたひとみで、僕を見つめた。

「フランツはだいじょうぶだ。君らはもう間に合わん……彼は行ってしまった……彼は勝った……Der Schwarzesstein ist in der Siegeskrone（デア シュヴァルツエススタイン イスト イン デア ジーゲスクローネ）（黒い石は勝利の栄光の中にいる）」

　その目には、ありきたりの勝利の喜び以上のものがあった。猛禽のようにたれていたまぶたは、今やたかのような誇りで燃えあがった。熱狂的な白熱が目の中で燃えている。僕は今にして初めて、自分が恐るべき怪物を相手にしていたことがわかった。この男は単なるスパイではない。そのやりかたは下劣にしても、彼もまた愛国者なのだ。

　手錠が老人の手首にかけられた時、僕は最後のことばを伝えた。

「フランツが、この勝利によく耐えるように望みます、残念ながら、〈アリアドネ〉号は、一時間前から、われわれの手で拿捕されていたことをお知らせしなければなりません」

三週間後に、全世界は英国の参戦を知った。僕は第一週目に陸軍に入隊したが、マタベル戦争の経歴がものをいって、いきなり大尉に任官した。しかし、僕はカーキ色の制服を着る前に、すでにお国のためには最上の貢献をしたと思っている。

スパイ小説の古典

戸川安宣

本書は、一九一五（大正四）年に刊行されたジョン・バカンの代表作であり、英国冒険小説の古典である。と同時に、アースキン・チルダーズの『砂州の謎』（一九〇三）、ジョージフ・コンラッドの『密偵』（スパイ）（一九〇七）などと並び、スパイ小説の古典として今なお世界中で愛読されている名作である。

ここで、「英国冒険小説の古典」と評したが、「英国冒険小説」については、ジェフリー・ハウスホールドの『追われる男』（一九三九）の巻末で書いた。それを少し敷衍（ふえん）し、大事な要素として humour と understatement が欠かせないということを強調しておきたい（そういえば、ヒッチコックがトリュフォーとの対談のなかでバカンの原作に触れ、understatement という表現を用いていることは注目に値する）。ここに言う内に秘めたユーモアや控えめな表現というのは、英国作家特有の資質でなかなか理解しづらいが、一度その魅力に取り憑かれるともはや離れ難い。「古典」とは elementary ということだ。系統的に読んでいくと、そのジャンルが辿ってきたルートを正確に跡づけることができる。それが古典というものである。たとえばグレアム・グリーンのエンターテインメントは言うに及ばず、イアン・フレミングの００７シリーズからも明確にバカンの影響を読み取ることができる、という具合に。

本書は今までのところ、三度映画化されている。一番はじめはアルフレッド・ヒッチコック監督による一九三五年の映画化——日本公開時の題名は「三十九夜」だった。イギリス時代のヒッチコック作品を代表する映画として評価が高い。それは、その後二度にわたるリメイク版が、ヒッチコック映画をなぞる形で作られていることからみても明らかである。

「三十九夜」の製作はマイケル・バルコン、脚本は「恐喝」「暗殺者の家」「間諜最後の日」「第三逃亡者」「サボタージュ」、およびアメリカに移ってからの「海外特派員」の脚本を担当したヒッチコックとゆかりの深い脚本家、チャールズ・ベネット。キャストはリチャード・ハネーにロバート・ドーナットのほか、マデリン・キャロルなど。

まず、原作との違いは物語の発端で、ハネーに事件の概要だけ伝えて殺されるスカッダーの役まわりが、女性スパイにとって代わられていること。これはラルフ・トーマス監督によるリメイク版でも踏襲されている。そしてスカッダーを追うスパイ団の首謀者らしき人物が、原作では「たかのようにまぶたで目をおおうことのできる人物」と表現されているのを、どちらかの手の小指の先がない男に変えられているなど、映像的な工夫が見える。面白いのは、ハネーが自宅アパートから見張りの目をくらまして逃げる手段として牛乳配達に化けるシーンは、ヒッチコックをはじめ映画製作者たちのお気に召したとみえ、どの映画にも採用されていることだ。殺人の嫌疑をかけられたハネーが、警察と敵のスパイ組織から迫われて逃げる先が、原作ではスカッダーから聞いた陰謀の実行日まで姿を隠しておくために、地理の分かっているスコットランドを選んだ、という設定だが、映画では女性スパイが持っていた地図を手がかりに行き先を決めている。さらには原作では「レストランや劇場や競馬場も見つくしてしまった」という程度にしか出てこない劇場を大事な舞台の一つにし、ミスター・メモリーという記憶力を売り物にする芸人を登場させて成功を収めていることは特筆すべきだろう。またハネーの逃亡先にヒロインを登場させ、物語にロマンチックな要素を盛り込んでいる。

二番目の映画化「三十九階段」は、一九五九年のイギリス映画。ベティ・ボックス製作、ラルフ・トーマス監督、フランク・ハーヴェイ脚本で、主役がケネス・モア、ヒロインにタイナ・エルグほかの出演。ミスター・メモリーの使い方など、ヒッチコック映画の設定をなぞった完全なリメイク版という作り方だが、ハネーに秘密を伝えて殺される女性スパイが公園で乳母車を押しながら読んでいる本が、C・T・ストウナムの'Kenya Mystery'という一九五四年のミステリだったり、ヒロイン、ミス・フィッシャーが列車の中で読んでいるのがロバート・トレイヴァーの『裁判』（一九五八）だったり、というあたりは監督の趣味なのか、面白いところだ。

三番目の映画化「39階段」は、一九七八年イギリスで作られた。日本未公開だが、ビデオが東芝から出ていたことがある。製作がグレッグ・スミス、監督にドン・シャープ、脚本をマイケル・ロブソンが担当、リチャード・ハネー役のロバート・パウエルほか、デヴィッド・ワーナー、エリック・ポーター、カレン・ドトリス、ジョン・ミルズらが出演している。三本のうち、もっとも原作の味に近いかもしれない。ことに三十九階段の意味づけが凝っていて、しかもそれをクライマックスのサスペンスに結びつけた脚本と演出は評価できる。その場面も含め、随所にヒッチコックの影響を見ることができる。

ところで、本書をお読みになった方は、ハウスホールドの『追われる男』との類似性にお気づきになったのではないだろうか。敵からひたすら逃げる主人公、という設定を言うのではない。主人公が敵の追及を逃れて逃げ込もうかどうしようかという場面で、「追われる男」やハネーがどのように頼るべき人間を見極めるのか、そこに物語のポイントが集約されている、といっても過言ではないのだ。この人間の見極め、というのが英国冒険小説のキーとなるのではないか。そしてそれを、humour や understatement といった英国人気質、あるいは英国的教養と結びつけて考えるとき、英国冒険小説の本質が見えてくるような気がする。

本書の前半で、ハネーが「文学好きの宿屋の亭主」に対し、こう言う場面がある。「冒険というものは、熱帯地方や革命党員でなければ遭遇できないものだと君は思いこんでいるんじゃないかい。現に今だって、冒険は君の目の前にぶらさがっているかもしれんよ」

このせりふを受けるように、グレアム・グリーンはバカンについて、こう語ったことがある（'*The Last Buchan*' 1941）。「ジョン・バカンは小市民的な人間とそれを取り巻く日常的な情景の中に冒険の桁外れにドラマチックな価値を逸早く見出した人物である」

ハネーが自身の冒険譚を語って聞かせたのに対し、先ほどの宿屋の亭主が言う。「驚きましたね！（中略）ライダー・ハガードやコナン・ドイルの小説そっくりじゃありませんか？」

そう言った後の青年の答えが、バカンの本質を語っている。「言うまでもありません。（中略）私は常識からはずれたことならなんでも信じます。信用しないのはありきたりのことだけです」

バカンには'*Memory Hold-the-Door*'（1940）という自伝があり、また未亡人（'*John Buchan by His Wife and Friends*' 1947）や子供（'*John Buchan: A Memoir*' 1982）による回想録の類が出ている。それらからうかがい知れるのは、バカンという人は、自分の体験を小説に取り入れ、それをみごとに昇華した人であるということだ。その意味では経歴の紹介が作品理解に必須の作家であると言えるだろう。

ジョン・バカン John Buchan は、一八七五（明治八）年八月二十六日、スコットランド中部の州パースで、スコットランド自由教会の牧師ジョンとヘレン・マスタースン・バカン夫妻の息子として生まれた。妹ひとり（アンナ）、弟ふたり（ウォルター、ウィリアム）の長兄。一家は一八七六年にスコットランド東部のファイフ州へ移り、その海岸地で育った。通学に毎日十キロ近く歩かねばならなかったという。子供の頃から夢想家だったようで、バカンは兄弟でよく森に遊んだというが、いつしかそこは聖書や巡礼者の物語の舞台へと変わっていった。スコットランドの南東部に位置し、ツィード河畔の町ピーブルズやブロートン（そこは母の実家のあるところで、現在ジョン・バカン・センターという記念館がある）に近い辺境の町で、バカンはスコットランドの歴史から物語の題材を数多く発見する。彼はこの地方を歩きまわり、あるいは自転車で探査した。これが後に創作上の舞台となって活かされることになる。やがてグラスゴー市ゴーバルズへ移住。ハッチンソン・グラマー・スクール、グラスゴー大学、オックスフォードのブレイズノーズカレッジへと進学。グラスゴー大学に在学中、彼はすでに雑誌に寄稿するようになっていた。一八九五年奨学生、一八九七年スタナップ賞、一八九八年ニューディギット賞を受賞、一八九九年学生会長。同年、修道僧のような生活だった、と回顧しているオックスフォード大学で人文学課程BA取得試験を優等で終える。このとき彼はすでに五冊の本を出版し、多くの論文を発表していた。一九〇一年ロンドンのミドル・テンプルにおいて弁護士資格をとる。一九〇一年から〇三年、南アフリカ高等弁務官アルフレッド・ミルナー卿の個人秘書を務める。英国陸軍司令部の一員としてフランス戦役に従軍。一九一六年から翌年にかけて陸軍中佐として臨時従軍、一七年から翌年は首相の下で情報長官を務めた。一九〇七年、スーザン・シャーロット・グロウヴナーと結婚。息子三人娘一人を儲ける。〇三年からはトマス・ネルソン・アンド・サンズ社（本書の献辞は同社社長に捧げられている）、一九年にはロイター通信社の重役を兼任する。一九三五年に爵位を授けられ、エルスフィールドのツィーズミュア男爵を名乗り、同年、第十五代カナダ総督となって、一九四〇年二月十一日に亡くなるまで、その地位にとどまった。カナダ時代に行った講演に、ケネス・ミラー（後のロス・マクドナルド）が聴講にきていた、というエピソードも残っている。

一八九五年の'Sir Quixote of the Moors'を皮切りにノンフィクションや評論、詩などを刊行。そのかたわら、ウォルター・スコットやロバート・ルイス・スティーヴンスンの向こうを張って小説の創作に手を染めるようになり、一九〇〇年の*'The Half-Hearted'*、一九一〇年の*'Prester John'*などを次々と発表。『三十九階段』は彼が十二指腸潰瘍の手術で入院しているときに書かれたものだった。胃の痛みは断続的に死ぬまでバカンを苦しめたという。『緑のマント』のブレンキロンはバカンの分身だったのだ。

『三十九階段』の成功に気をよくしたバカンは、リチャード・ハネーの活躍する長編を全部で五編書いている。『三十九階段』の一年半後に、今度は二人の仲間とそれぞれ別ルートでトルコへの潜入をはかる『緑のマント』（一九一六）、つづく*'Mr. Standfast'*（1919）で知り合ったメリー・ラミントンと結婚したハネーは、『三人の人質』（一九二四）では愛妻と息子のピーター・ジョンとの平和な生活を楽しんでいたが、政財界の大物を親に持つ三人の人間が誘拐される事件に引っ張り出される。そして最後の作品*'The Island of Sheep'*（1936）では、鉱山技師で探検家の「北国から来た男」の救助のため、ハネー親子やサンディ・アーバスノットらが立ち上がる。ハネーものにはほかに*'The Runagates Club'*という短編がある。

バカンの小説の主人公には、ハネーのほか、*'Huntingtower'*などで活躍するスコットランド人、ディクスン・マッカン、*'John MacNab'*や最後の長編『傷心の川』などに登場する弁護士、エドワード・リーセン卿がいる。

ゴーリー版『三十九階段』

濱中利信

本書のカバーを含む全てのイラストは、アメリカの絵本作家・イラストレーターであるエドワード・ゴーリー（一九二五―二〇〇〇）の手によるものです。ゴーリーが、七十五年の生涯の中で残した作品は、自身の名義（多数のペンネームを含む）による大人の為の絵本が百点以上、本書のように他作家の作品にカバー（表紙）と本文中のイラストを提供した作品が約八十点、表紙絵だけを描いた作品に至っては数百点に及ぶ他、ポスターや版画など数多くの作品を残しました。細い線を重ねることで生み出される、ダークでミステリアスな作風から、今なお世界的にカルトな人気を博している作家です。

ゴーリーは、ミステリ好きとしても有名で、特にアガサ・クリスティが大のお気に入りでした。彼女の作品は全て五回以上は読んだと豪語しているほか、一九七二年には、「クリスティに捧げる」と献辞を添えた作品『オードリー・ゴアの遺産』（ドッドミード社）まで描いているほどです。ゴーリーとミステリとの関係を一般の人々が知ったのは、アメリカのPBSテレビのシリーズ「Mystery!」によってでした。この番組は、日本でも放映されたジェレミー・ブレット主演の「シャーロック・ホームズの冒険」や、デビッド・スーシェ主演の「名探偵ポワロ」などのシリーズ物の他、単発のミステリ・ドラマを放映する人気番組でした。番組の冒頭で、ゴーリーのイラストを用いたアニメーションが流れ、それが終わるとホストが登場し「さて、今夜の番組は……」という口上が始まります。そのホスト（怪優ビンセント・プライスが務めたことがあります）の周りに配置されたガイコツや墓石、不気味な枯れ木の書き割りもゴーリーの作品でした。この番組自体と、その宣伝用ポスターなどのおかげで、アメリカでは「ゴーリーという名前は知らないけど、この絵は見たことがある！」という人が沢山います。

また、ゴーリーは、沢山のミステリ小説の表紙絵も手掛けています。ロンドン・ハウス・ミステリ叢書では、グラディス・ミッチェル、アーサー・W・アップフィールド、P・M・ハバードなど、ダブルデイ社のクライム・クラブ叢書では、ジョルジュ・シムノン、ローレンス・トリート、リリアン・デ・ラ・トーレ……などなど。どれも傑作揃いですので、いつの日か東京創元社で出して欲しいところです。

話を本書に移しましょう。小説としての『三十九階段』に関する解説は、戸川安宣氏の文章に譲って、ここではゴーリーのイラストに話を絞りたいと思います。ゴーリーのイラストを採用した『三十九階段』が最初に出版されたのは、意外なことにドイツ語版でした。出版社はスイスのディオゲネス社で、『三十九階段』以外にも沢山の「ドイツ語版ゴーリー」を出している会社です。初版は一九六七年で、ハードカバー版でしたが、その後二回（一九七五年と二〇一〇年）、同社からペーパーバック版が再版されました。ゴーリーのイラストが入った英語版が出たのは一九八八年で、アメリカのフランクリン・ライブラリー社の〝Franklin Mystery〟シリーズの一冊としてでした。今、お読みになっている東京創元社版は、このフランクリン版を基にしています。

何故、そんなことをわざわざ書くのか、理由があります。実はディオゲネス版とフランクリン版には、言語の他に異なる点が二つあるのです。

一つ目はカバーの絵です。フランクリン版では、「三十九階段」の上に、物語のキーワードの一つである「黒い石」が浮かんでいるという何とも不気味な絵が採用されています。一方、ディオゲネス版のカバーは、ハードカバーと最初のペーパーバックでは、物語の最終章のブリッジ対決のイラストが用いられていました。確かにクライマックス場面を描いた絵ですが、カバーに用いるのに相応しいとは思えません。また、ディオゲネスの二回目のペーパーバックの表紙は、フランクリン版と同じものが基になっているのですが、「黒い石」の部分がカットされてしまっており、せっかくのミステリアスな雰囲気が台無しになってしまっています。この「黒い石が浮かんでいる三十九階段」の絵は、ディオゲネス版でも三冊全ての口絵部分に載っていますので、何故これをカバーにしなかったのかは大いなる謎と言えます。

二つ目は、フランクリン版では新たなイラストが一点追加されていることです。本書の見返しに載っている、空を描いたと思われる不思議なものです。

実はゴーリーを見出し支えてきたアンドレアス・ブラウン氏が二〇二〇年に亡くなった後、氏の所蔵するゴーリー関連の本や原画、資料などがオークションにかけられ、日本語版ゴーリー編集者の田中優子さんが何点かを購入、その中にこのフランクリン版原書があったそうです。今回、満を持してこの版で復刊を企画、ゴーリーの描いた全ての絵が日本でも見られるようになりました。

小説の内容に相応しいカバーと、追加されたイラストの掲載……徒(いたずら)に「初版」に拘らず、ゴーリーの魅力がより発揮されているフランクリン版を基にして下さった、東京創元社編集部の慧眼を、日本のゴーリー・ファンの代表として讃えたいと思います。

ディオゲネス社ハードカバー（1967）

ディオゲネス社ペーパーバック（1975）

ゴーリー版『三十九階段』

ディオゲネス社ペーパーバック（2010）

フランクリン・ライブラリー社
ハードカバー（1988）

ジョン・バカン　John Buchan

1875年生まれ。スコットランドの小説家、歴史家、政治家。大学時代から執筆活動を始める。1901年には弁護士資格を取得している。1915年に本書『三十九階段』を発表。同じ主人公リチャード・ハネーの登場する作品としては『緑のマント』、『三人の人質』がある。第一次世界大戦時には、タイムズの特派員としても活躍した。1927年には議員となり、政治家としてのキャリアも積む。1935年にはカナダ総督となり、在任中の1940年に落馬事故が元で死去。

エドワード・ゴーリー　Edward Gorey

1925年シカゴ生まれ。アメリカの画家、絵本作家。独特の韻を踏んだ文章と、独自のモノクローム線画でユニークな作品を数多く発表し、多くの熱狂的なファンを生み出した。ミステリ・ファンとしても知られている。厖大な作品とミステリアスな人物像については『エドワード・ゴーリーの世界』（濱中利信編）、『どんどん変に…　エドワード・ゴーリー　インタビュー集成』（カレン・ウィルキン編、小山太一・宮本朋子訳）で知ることができる。2000年、心臓発作のため死去。

小西 宏　Hiroshi Konishi

1929年生まれ。東北大学法学部卒業、一橋大学大学院中退。訳書にベンスン『脱獄九時間目』、チェイス『悪女イヴ』、ガードナー『ビロードの爪』、ブラウン『未来世界から来た男』他多数。1998年死去。

本書は1959年に創元推理文庫の一冊として刊行されたものを元に、エドワード・ゴーリーの絵と濱中利信氏による新たな解説を加えたものである。本文中に、現在では穏当を欠くと思われる表現が散見されるが、作品の時代性、訳者が故人であることなどを鑑み、原文のままとした。

——編集部

THE THIRTY-NINE STEPS
by John Buchan 1915

三十九階段

2024年1月26日　　初版

著者――ジョン・バカン
　　　　エドワード・ゴーリー／画
訳者――小西宏
発行者――渋谷健太郎
発行所――㈱東京創元社
　　　　〒162-0814 東京都新宿区新小川町1-5
　　　　電話　03-3268-8231㈹
　　　　URL　https://www.tsogen.co.jp
企画編集――㈱みにさん・田中優子事務所
装丁――岡本洋平（岡本デザイン室）
装画――エドワード・ゴーリー
印刷――精興社
製本――加藤製本

ISBN978-4-488-01135-2　C0097